永靖传说故事

永靖县文体广电和旅游局
永靖县文化馆 编著

陕西新华出版
太白文艺出版社·西安

图书在版编目（ＣＩＰ）数据

永靖传说故事 / 永靖县文体广电和旅游局，永靖县
文化馆编著． -- 西安：太白文艺出版社，2024. 7.
ISBN 978-7-5513-2656-8

Ⅰ．I277.3

中国国家版本馆 CIP 数据核字第 2024CJ9399 号

永靖传说故事
YONGJING CHUANSHUO GUSHI

编　　著	永靖县文体广电和旅游局　永靖县文化馆	
责任编辑	葛晓帅	
封面设计	李　李	
版式设计	宁　萌	
出版发行	太白文艺出版社	
经　　销	新华书店	
印　　刷	四川科德彩色数码科技有限公司	
开　　本	880mm×1230mm　1/32	
字　　数	138 千字	
印　　张	5.75	
版　　次	2024 年 7 月第 1 版	
印　　次	2024 年 7 月第 1 次印刷	
书　　号	ISBN 978-7-5513-2656-8	
定　　价	69.00 元	

如有印装质量问题，可寄出版社印制部调换
联系电话：029-81206800
出版社地址：西安市曲江新区登高路 1388 号（邮编：710061）
营销中心电话：029-87277748 029-87217872

姊妹峰　　　　　　　　　　黄河三湾

黄洮交汇

县城新区全貌　　　　　　　县城老区

1

刘家峡水电站

黄河文化博物馆

恐龙湾丹霞地貌

小茨沟

抱龙山

神树岘

飞越炳灵湖

关山大峡谷

刘家峡水库泄洪

水上芭蕾

彩虹桥夜景

刘家峡的红嘴鸥

太极岛荷塘

北乡秧歌

永靖傩舞

永靖王氏生铁冶铸技艺

打铁花

白塔木雕

吧咪山庙

罗家洞　　　　　　　　　　　白塔寺

炳灵石林　　　　　　　　　　炳灵寺石窟

岗沟寺　　　　　　　　　　　坷坨烽火台遗址

凤凰岭滑雪场

黄河赤壁

黄河花堤

太极桥

鹤舞三河口

太极岛

编委会

序　言

　　传说故事，是中华民族在漫长的发展史中给我们留下的丰富多彩的精神产品。一方面，它是历史典籍富有浪漫色彩的补充，诸如盘古开天、女娲补天、后羿射日、大禹治水等，我们通过这些故事可以了解远古人类的生存环境和生活习俗；另一方面，它又是我们进行各种文艺创作的重要素材，比如我们熟知的那些古典名著，里面的不少故事，或多或少，或间接或直接地来源于民间传说，像《水浒传》《西游记》等，成书前就以传说故事的形式广为流传。据说蒲松龄为创作《聊斋志异》，经常在路边摆茶摊，过路人只要能讲出一个有趣的故事，便可免费喝茶。这些听来的民间故事，后来蒲松龄大都写进了《聊斋志异》。为了感谢那些热情提供素材的叙述者，蒲松龄特意将他们的名字加进了故事里。此外，他在《序言》中还郑重提到"四方同人，又以邮筒相寄"。可见，是那些散落在民间的传说故事成就了蒲松龄和他的《聊斋志异》。

　　永靖，历史悠久，遗迹众多。中华民族的母亲河黄河穿境而过，这里是华夏文明的发祥地之一。勤劳的永靖人民在这片古老的土地上繁衍生息、辛勤劳作，创造了富饶的物质文明，也创造了辉煌灿烂的精神财富。传说故事，便是我们的先民留下的一颗颗璀璨明珠，它就像文明薪火，点亮了我们浩瀚的文化星空。为了让这些珍贵的文化遗产能够比较完整地保存下来，并使其重放光芒，永靖县文化馆组织创编人员，经过大量的采访搜集、挖掘整理，历时三年，完成了这本《永靖传说故事》。

本书所收录的都是广泛流传于永靖黄河两岸、广大人民群众耳熟能详的经典故事。这一带，凡是来自民间、人民群众口口相传的传说故事，皆称之为"古经"。在这里，上了点儿年纪的人大都是听着这些古老的、散发着泥土气息的古经长大的。这些故事，不仅用富有浪漫情调的想象力和生动感人的形象，表现了黄河先民的勤劳、善良和睿智，体现了他们追求光明、追求幸福、追求公平正义的理想，而且为研究永靖的历史文化及民俗提供了丰富的资料。同时，也为进一步促进永靖文旅的深度融合，提供了无限可能。

美丽的黄河三峡，长达 107 千米的黄河风景线上，自然风光、人文景观星罗棋布，相互交织，美不胜收，这些都是永靖旅游得天独厚的资源优势。近几年，随着生活水平的不断提高，人们对旅游的需求越发强烈，也更加趋于多元化。文旅融合、创新、赋能势在必行。要想真正做大做强旅游业，必须由单纯游山玩水的传统模式向观光游、休闲游、健康游、研学游相融合的立体模式转型。要以深厚的历史文化、自然生态为依托，深度挖掘整理当地的文化资源，展示其丰富的内涵，让游客不仅觉得有意思，更觉得有意义。《永靖传说故事》的出版，无疑将在这方面发挥非常积极的重要作用。

蓝色黄河，阳光永靖。在这片神奇的土地上，一缕春风，一抹朝晖，都满含着情思，浸润着书香。

党的二十大报告提出："讲好中国故事、传播好中国声音，展现可信、可爱、可敬的中国形象，推动中华文化更好走向世界。"

讲好中国故事，是新时代中国特色社会主义的重要课题，更是我们每一个文化工作者责无旁贷的使命。我们要因势借力，讲好永靖故事；要不断创新，将富有魅力、充满活力的永靖展示给世界。

书香天下，共襄盛世。

王国虎

2023 年 10 月

目 录

CONTENTS

4

姊妹峰（一）

游览过长江三峡的人，大概没有不知道神女峰的。其实，在黄河三峡也有"神女峰"，那就是坐落在炳灵峡北岸的姊妹峰。提起姊妹峰，当地流传着许多关于这两座山峰的故事。

传说，古时候有一位进京赶考的书生，歇在炳灵峡前的一座破庙里读书。这天，附近的一个村姑给耕田的父亲送饭，经过破庙时，被这位书生勤奋苦读的精神所感动。于是，她每次多做一份饭送给书生。日久天长，两人产生了爱慕之情。考期临近了，村姑准备了许多上路的东西，送书生上了羊皮筏子，筏子顺黄河漂流而下……谁知这书生却一去杳无音信。村姑天天来到黄河岸边等啊，盼呀。她的妹妹也被姐姐的痴情所打动，天天来陪伴苦苦等待的姐姐。久而久之，她俩便化为两座山峰，伫候在黄河岸边，等待着书生的归来……

千百年过去了，伫立在黄河岸边的两姊妹没能等回书生，却迎来了来自五湖四海的虔诚信徒和观光宾客。

如今，姊妹峰被确定为黄河三峡的旅游标志，可以说，姊妹峰已成为名副其实的迎客峰。远远望去，两姊妹并肩而立，恭候着来炳灵峡游览的中外客人。她们在青山碧波间、在水天一色处微微含笑，凝眸伫望……

王国虎整理

姊妹峰（二）

姊妹峰传说还有个版本：释迦五岁时，离开生养他的故土，只身来到炳灵圣地，一心想超脱凡俗，静修顿悟。炳灵寺的那尊打坐佛像就是释迦五岁时的形象，他带着印度恒河的泥沙走来，虽经能工巧匠精雕细刻，仍然遍体沙粒，用刀也无法将其与故乡的沙土分离。

他的母亲摩耶日日念儿、夜夜想儿，常在梦中来炳灵寺看望儿子，并领回儿子与家人、亲友团聚。但梦醒后，母子又天各一方。一天，释迦的母亲和他的姨母波阇波提背着净饭王，离开印度，沿着当年释迦走过的古道，跋山涉水，历经千辛万苦来到炳灵寺。母子见面后激动得半天说不出话来。几天后，一心学佛的释迦婉言劝母亲和姨母说："这儿的山好，水好，人更好，我在这里你们可以放心，希望母亲和姨母早日回归故里。"姊妹俩虽有些舍不得，但最终还是答应了孩子的请求。姊妹二人返回时，在黄河边与释迦挥手告别。此后，释迦修炼更加刻苦，每天除与众弟子讲经说法外，还跟大家一同游览欣赏炳灵风光，不知不觉间又过了几年。

有一天，释迦突然感觉困乏，随即不由自主地进入了梦乡。梦中他的母亲和姨母又来看他，他欣喜若狂，要挽留母亲和姨母久居炳灵寺，并打算亲自侍奉，以尽孝道。突然，他被一束亮光惊醒，于是边回忆梦境，边依梦境中的地方去寻母亲和姨母。当他走到第一次离别的黄河岸边时，原本再熟悉不过的地方，猛然间冒出了约 200 米高的两根擎天巨柱。释迦是学佛之人,当然明白眼前的两座山峰就是母亲和姨母的化身。她们怕影响释迦,便远远地望着一心学法修炼的释迦。人们为了纪念这两位伟大的女性,就把这两座挺拔峻峭的山峰称为姊妹峰。

石磊整理

唐述窟的来历

现在的炳灵寺上寺很早以前不叫这个名字,叫"唐述窟"。唐述窟是古羌语"鬼窟"的音译。为什么要将炳灵寺上寺称为鬼窟呢,有这样一个传说。

东汉顺帝时,道教刚刚兴起,朝廷大力支持,天师张道陵大显身手,设坛传教,几年过后全国道观遍地,道人云集。当时定都在洛阳,皇上隔三岔五地要敬香求道。工部尚书"眉头一皱",将天下技艺最高的工匠、画匠、雕塑匠召集起来修建了一座雄伟的道观;礼部尚书计上心来,将天下道行颇深的道人集于京城。这么一折腾,皇上高兴,洛阳热闹,整天鼓声不绝,香灯不灭,经声不断。

集来的道人中有一个名叫羊兀的,家住长安,因从小酷爱武术,所以不管春夏秋冬使枪弄棒从未间断,练就了一身好功夫。刀棍在他手里快似流星,双脚一抬快如闪电,纵身一跳勇如猛虎,十八般武艺样样精通。后来,他的父母亡故于战乱时期,羊兀深感自己没有尽到孝心，于是遁入道门苦修辛勤钻研，一心想修道成仙。可是，他万万没有想到，这次也被征集到了洛阳。虽然来的时间不长，但他目睹大臣们为了献媚皇上，不惜重金大兴道场，宫娥彩女车水马龙蜂拥而至的盛况，也看到当地百姓为官府盘剥，叫苦不迭的惨状。羊兀深感此地不宜久留，就偷偷逃出了京城。好一段时间，羊兀没有找到理想的修行之地，但他不见黄河心不甘，立志跨出中原寻访天下名山。

一日，羊兀走到人迹罕至的小积石山，见这里青山绿水，奇峰顶上仙草茂盛，悬崖中间神工造穴，好一处世外桃源！羊兀高兴地只身前往，进了山洞，只见仙桃、仙果、玉液自然浮出，洞壁挂着一件鸿毛天衣，洞底还有一口清泉浴池，好像专门为他准备的。羊兀高兴地叫道："天助我也！"从此，羊兀就在这个山洞里苦心修炼，有时头戴逍遥巾、身穿鸿毛天衣飞渡万峰顶，有时采仙草、制精饵，过着清静的生活。

有一天，雨过天晴，万里无云，阳光洒在积石山上，积石山景色更加秀丽。附近一群羌人乘兴骑马出外游玩，家鹰头上飞，猎犬后面跑。当他们行至大寺沟（该沟是炳灵寺四大沟之一）口时，其中一个彪形大汉好像着了魔一样突然滚鞍下马，手指远处，声音颤抖地说："看！看！看！那是啥？"众羌人抬头望去，只见一怪物身穿雪白羽衣时隐时现、忽大忽小，往来于山谷之间。这时不知谁高喊道："唐述！唐述！那是唐述啊！"这一叫，众羌人如梦初醒，有的吓得下马俯地祈祷，有的拍马而逃。从此以后，羌人在小积石山遇"鬼"的事层出不穷，越说越奇，越传越远。久而久之，羌人就习惯性地将此地叫成了"唐述窟"。

阿凤整理

三龙吐珠

据说明朝洪武年间（1368—1398），皇帝朱元璋从西域来的商人口中获悉炳灵寺有灵丹妙药，服之可以长生不老。他马上传来军师刘伯温，说："爱卿啊，你是当今诸葛，上识天文，下晓地理，能未卜先知。朕近日听说西北的百岁老人能返老还童，是因为吃了炳灵寺的仙药仙丹。此地距京城有千里之遥，不知何人如此神通广大？"刘伯温羽扇轻摇、罗盘一转回答道："万岁，深山古寺藏一道人，姓胡名百柳，住在老君洞。他虽然年已古稀但神术百通，五十年才炼一丹，恰好再有二十一天就有一丹出炉。"

"多少天？"朱元璋急问。"二十一天。"刘伯温再重复了一遍，又连掐带算地说道："此事机不失，密不泄，方能取之。"朱元璋说："你是我的心腹之臣，多年来与我同生死共命运，朕现命你统领两万兵马前去古寺取丹，事成之后朕将封你为大明国公，保你终生荣华富贵。"刘伯温领旨，临行时对朱元璋千叮咛万嘱咐："万岁爷，此事天知、地知，你知、我知，不可向他人透露一丝一毫。"

朱元璋送走刘伯温后整天如竹刺扎进猴屁股——坐立不安，晚上躺在龙床上翻过来覆过去睡不着，弄得金銮殿也晃动了起来，惊动了柱子上攀缠的飞龙。那龙发现皇帝难受，轻轻吹了一口迷魂气，朱元璋立刻就进入梦乡，他梦见自己吃了仙丹，变成了一个血气方刚的英俊少年，整整做了六百年皇帝，享了六百年的江山。有一天，他突然发现自己头发白了，人也老了，便急得大喊起来："我要万寿无疆，万寿无疆！"这一喊泄露了天机，被飞龙听得一清二楚，它想，我三个兄长都年已花甲，如果吃了仙丹，不是也能长寿吗？它立刻飞身返回龙宫，将此事一五一十地转告了三个哥哥，三条龙立刻飞到了炳灵寺。

二龙问："用何法取出仙丹？"大龙说："水淹炳灵寺！"三龙忙说："我刚探得消息，再有十天仙丹才出炉，服了能活一万年，现在去取只能延寿六百年。还是到期再来取吧。"大龙怒斥道："你们站着说话腰不疼，我这老态龙钟的样子，能否活到明天都很难说。事不宜迟，马上动手。"二龙领命，摇头摆尾开始兴风作浪，一会儿工夫就闹得山摇地动。他们你抢我夺，将那仙丹吃了个一干二净。

话说军师刘伯温一路不辞辛苦，越山过河按时来到炳灵寺，才知仙丹早已被三条龙吞服了。他气得口吐鲜血大喊道："快斩龙脉，保卫江山！"于是挥剑斩断龙脉，又在黄河、洮河、大夏河三河交汇的地方建了一座白塔，上书："塔竖六百年，三龙被锁封；四海淹塔顶，三龙吐明珠。"六百多年后，河水果然淹没了白塔，三龙真的吐出了"夜明珠"，那三颗夜明珠就是现在的刘家峡水电站、盐锅峡水电站、八盘峡水电站。

阿凤整理

朱喇嘛峡的由来

万里黄河贯穿永靖县，在这一百余里的地方形成了五条大峡谷，为寺沟峡（炳灵寺峡）、刘家峡、牛鼻子峡、朱喇嘛峡、盐锅峡，它们忽断忽连，时窄时宽。在这五条峡谷中，牛鼻子峡最短，长不过三里，朱喇嘛峡最长，有十五里之多。为什么叫它"朱喇嘛峡"，还得从几百年前的明朝末年说起。

那时，沿黄河古道进西藏、上青海、去新疆的商贩都知道最近的一条路是永靖道，但那里峰峦叠嶂、峭壁争耸，沿谷的羊肠小道十分危险，不是今天这个脚夫掉下悬崖，就是明日那支驮队出了麻烦，骇人听闻的事经常发生。"上青海、下四川，难过十八坎；十八坎、鬼门关，阎王跟前过一遍。"这首民谣传到官府耳朵里，他们马上派人募集款子，说要劈山开路，为民解忧。但他们一遍又一遍地搜刮民财，几年过去了却迟迟不见开工。

这件事被永靖罗家寺一个姓朱的老喇嘛知道了，他就为百姓打抱不平。一次，他在龙华盛会上非常气愤地说："人，要以善为本；官，要为民做主，乃天经地义也。巧取豪夺，失信于民，天诛地灭。"此后老喇嘛走出寺院，他不顾年老体衰，扛起铁锨、镢头来到峡谷，不畏艰险，从早到晚不停地挖山，说要打通这条险道。

老喇嘛的精神深深地打动了当地的老百姓，人们有粮的纳粮，没粮的出力，众人排除万难，苦干了三年，终于修出了一条平坦的栈道。往日的鬼门关被打通了，过往的行人从此平安无忧，百姓都感激地说这是老喇嘛的功劳。因为他俗姓朱，人们就将这条峡谷起名为朱喇嘛峡。

何其龙整理

鲁班滩

很早很早以前，炳灵寺有一千多个喇嘛，寺里香烟缭绕，到处都是钟声念经声，寺外来往的驮队商贾车水马龙，好一派兴盛景象。

但是，要渡黄河天险，得费九牛二虎之力。须先把骆驼、马背上的东西卸下来，背到羊皮筏子上，再慢慢地送到对岸。来回数次，要折腾好几天才能渡过黄河，货沉人亡的事经常发生。这个情况被鲁班知道后，他马不停蹄地赶到这里，先观察黄河，后上积石山。从此，人们白天晚上总能听见山上叮叮当当的声音，但不知是何人在干啥。

七七四十九天后，忽然看见鲁班左手提神斧，右手握皮鞭，赶着一群猪和马走下山来。刚到山根河滩，迎面走来一帮脚户，他们上前施礼问道："老哥，你赶这么多猪和马到哪里去？难道你不知道渡河的难处吗？"鲁班微微一笑说："马浮黄河猪浮海，搭梯能上九重天。"接着，他扬起右手的皮鞭，在空中"啪"的一声脆响，响声震动炮罕的四乡五镇，人们争先恐后地拥到了黄河两岸。只见鲁班从积石山上赶下来的猪和马立刻变成了一块块石头，这才知道鲁班要在炳灵寺黄河上架桥梁。

他动员能工巧匠，用了三年时间，在黄河上建起了第一座天桥。此桥高五十丈，好似长虹一道。中原通西域的道路铺平了，从此，这里的行旅驮队云集。僧侣众多，客商不断，炳灵寺更加热闹繁荣了。

后来，人们为了纪念这个大工程，就在桥头卧牛处刻上了"天下第一桥"五个大字，每字一尺多高，并把这个河滩叫鲁班滩，以示对鲁班的怀念。

阿凤整理

白塔寺川木匠的传说

"白塔的木匠，吾屯的画匠。"这是西北地区流传很广的一句民谚。

传说木匠的鼻祖——鲁班，他不但善于修建桥梁，建造房屋，还能制作飞鸟木人，曾经在凉州修建过浮屠。传说他为修桥四处寻找石头做桥基。他手里提着"赶石鞭"，满山搜寻石头，找到合适的石头了，就像赶羊一样，吆喝着，用鞭打着："咩、咩、咩……往这边走，往这边走！"一群群的"羊"也很听话，欢天喜地地听着他的指挥走，那个阵势让人看了，既惊叹，又羡慕。"啥，我还以为是谁在这放羊？原来是你这个倔老头在这里把石头当作羊来放！""疯子！真正一个疯子！"一个闲来无事，爱搬弄是非的老头嘲弄地讥笑着鲁班。这下可好了，"羊"听了这话，一下就不动了。原来这老头无意中道破了天机，气得鲁班脸一下子绿了。于是，鲁班就在石头不动的那个地方修起了桥。桥成，被命名为"天下第一桥"。

传说他在修桥的过程中，使用的斧子不小心掉入了河中，当时水急浪大，鲁班也就没有寻找。后来，这把斧子被河水冲上了河滩，斧子被白塔寺川的一个小木匠捡到，这个滩遂被人们称为鲁班滩。从此，这个小木匠便沾了鲁班斧的灵气。他无论学什么都一学便会。他刻出的花鸟栩栩如生，修建的亭台楼阁、池馆水榭、村宅民居，或富丽堂皇、美轮美奂，或小巧玲珑、别致新颖。

小木匠从年轻到年老，技艺越来越精湛，也不知收了多少徒弟，他的手艺代代相传，徒弟们的手艺也青出于蓝而胜于蓝。

白塔寺川的木匠遍布甘、青、宁、新、川、陕、藏、内蒙古等地。这些地方留下了白塔寺川木匠们勤劳的足迹和智慧的结晶。渐渐地，人们形成了"非白塔木匠不建，非吾屯画师不画"的习惯。

金永霞整理

俺哥城的传说

在刘家峡水库尾端有一座很老的城镇，名叫俺哥城。两千年前，这里是丝绸之路上的重镇，南来北往的行人都要在这里歇脚、做生意，非常热闹。而今，这座古城已淹没在黄河水中，但有关俺哥城的传说仍在黄河两岸流传。

据老人们讲，这里很早以前一马平川，森林非常茂密，只是零零散散分布几个部落。当时，一个部落里有一个名叫俺的小伙子，从小就给头人当奴隶。有一天，小俺干完活回来，头人说想吃甪猪肉，非要小俺立刻进山捕捉。俗话说"日落莫进山，进山担风险"，当时积石山到处是豺狼虎豹，大雾弥漫、瘴气冲天，很多人都死于非命。小俺本地生，山里长，知道傍晚进山不是被虎狼吞食，就是吸入瘴气而死。可头人的命令好似钢刀，稍有违背脑袋就要落地，小俺哪敢不听。他只得忍着困饿硬着头皮，冒险进了积石山。

天越来越黑，伸手不见五指。小俺沿着经常放羊的小道在老林里转了半夜，也没听到甪猪的声音，急得他头上直冒冷汗，心好似油煎一样。他只得加快步伐，朝森林深处摸去。草木荆棘黑压压一片，划破了他的脸，刺破了他的双脚，但他还是艰难地往前走啊走，不知翻过了多少山梁，越过了多少深沟。突然，他感到头昏眼花，随后浑身无力地昏倒在一棵古树下。

不知过了多久，一阵冷风吹来，几滴露水落在小俺的脑门上，他苏醒了，睁眼一看，一道金光从头顶射过来，形成一个圆圈，

刚好把他围在中间。在光圈外边蹲着一群豺狼虎豹，一见他动弹
都长啸起来，恨不得将他立刻分食。小淹一看这架势，"唰"地
立起身来，准备和它们决一死战，冲出包围。就在这千钧一发之际，
小淹头顶突然传来人声："淹哥哥别害怕，有我哩，它们进不来！"
小淹定睛一看，野兽们虽然气势汹汹，但一靠近光圈就如被刀刺
一般，嗥叫着转身跑开。小淹一看这场景，长舒了一口气，才抬
头向上望去，头顶是一个小巧玲珑的金铃铛，挂在树顶上，闪着
耀眼的金光。

　　小淹又惊又喜，忙问："你是什么宝贝，为啥落在这深山老
林之中？"那小铃铛轻轻摇了两下，细声细气地说："唉！一言
难尽啊！我原是黄帝心爱之物，经常拴在黄帝的坐骑脖颈上。后
来黄帝想学神仙，带着我广游天下名山，我为他逢山开路、遇险
化夷，辛辛苦苦地在他身边当了一辈子差。哪知黄帝成仙后路过
西天时将系我的绳子解开，把铁锤扔在了崆峒山，把我扔在了积
石山，还说'积石炳灵地，地灵招你去；去鸣千古寺，寺唤太平
地'。"金铃铛说到这里，向小淹哀求道："淹哥哥，求求你，
赶快带我走吧，不然我会被山鬼抢走的。"

　　小淹见小铃铛悲伤的样子，连忙爬上树顶，解下小铃铛一看，
果然是一个没有铁锤的金铃铛。这当儿，小淹已累得瘫倒在地，
又乏又饿，真想吃点儿东西。说也奇怪，小铃铛好像明白他的心思，
"哗"一下，铃铛窝窝里突然冒出香喷喷的饭菜，小淹端起就吃。
谁知铃铛里的饭菜边吃边加没有穷尽，直到小淹填饱肚子，饭菜
才没有了。

　　吃完饭，小淹抬头一看天，顿时发起愁来，眼看天就亮了，
头人要的窜猪还没有捉到呢。这时，那小铃铛在小淹的手里一翻，
又朝四面一扫，一群豺狼虎豹应声而来。小铃铛说："我只要窜猪，

你们都走开。"其他豺狼虎豹一个个都走开了，唯有一头又肥又大的窜猪横躺在前面不动。小俺高兴极了，小心翼翼地把铃铛揣在怀里，背上窜猪下了山。快到部落的时候，小铃铛又说："俺哥哥，你是我的救命恩人，以后遇到什么难事尽管跟我说，我一定叫你满意。但是千万要记住，只能摇，不能敲。"小俺说："你放心，我记住了。"

事隔不久，朝廷派来了很多很多军队，说要在这里打仗，并传来一道圣旨，说积石山是咽喉要地，速筑城池驻兵把守，十万火急。顿时，此地乌云滚滚，人喊马叫，附近各部落里的百姓都被赶到了这里。小俺生怕官兵发现金铃铛，悄悄地把金铃铛藏在帐篷里，自己和其他奴隶来到工地背土筑城。官兵们好似豺狼，百姓遭殃，他们拼命苦干，不知流了多少汗死了多少人，一座宏伟的城池总算筑成了。可是，按皇上对城池的要求，必须在城墙外开一条护城河，河沟虽挖好了，但川里没有河可往护城河引水。眼看钦差大臣就要来了，急疯了官兵，害苦了百姓，官兵要百姓从地下挖出水来。皮鞭如雨，怠工就要杀头，百姓们汗流干了，腰累弯了，地都快挖穿了，就是不见水的影子。他们呼天喊地："怎么办啊，怎么办？"

这时小俺急中生智，在情况紧急之时，突然想起金铃铛。他趁天黑，偷偷溜回帐篷，急忙拿出铃铛，轻轻摇了两下，祈求道："你快帮帮忙吧！""什么事？"铃铛问。小俺一五一十地把筑城挖水的事情诉说了一遍，又说："官府有令，三天挖不出水来，杀了所有百姓，用血水护城。"金铃铛大吃一惊："你怎么不早说呢，整天只知埋头苦干、忍气吞声，到头来连性命也难以保住。"金铃铛沉思一会儿说："事到如今，我只得舍身引水了。俺哥哥，你马上把我带到城墙根，用铁锤猛敲我的身体，不消三日定有大水到来。那时你可亲自引路，就能保住万民。"小淹听后顿时放了心，火速赶到城边，按照金铃铛的吩咐，敲一下金铃铛长二尺，敲两下长四尺，敲三下长六尺。突然，一道金光射出，直直地射向西方，金铃铛已失去了原来的光彩，变成了一口乌黑的巨钟。这时，左右扑来的官兵怒吼道："小杂种，你半天跑到哪里去了，现在又呼天喊地扰乱民心，你不想活啦！"说着，一个领头官兵一刀将小淹的头砍掉了。

第三天，当太阳刚冒出头时，只听积石山"轰隆"一声炸响，震得山摇地动。百姓们闻声爬上城头张望，只见一条金色的河流已到城前，奔腾的浪头端端地扑向巨钟，巨钟如鱼得水，翻身朝城中心漂去，急流也穿城而过。巨钟迎风自鸣，好像在喊："淹哥，淹哥！"人们这才明白，那道金光就是黄河。人们为了纪念死去的淹哥，就把这座城叫作淹哥城了。

石磊整理

鲁家坪的传说

从炳灵寺石窟渡过黄河，有个村，名叫鲁家坪。这地方三面环水，奇峰环抱，俗称高原仙境。村庄虽然不大，可名声不小，因为这里出过一个高僧。

据说很早以前，从南京大柳树驿来了姓鲁的弟兄三人。老大好务农，住在五龙山；老二善经商，住在唵哥城；老三喜佛道，住在炳灵寺对面坪上。

有一年冬天，峡口里吹来了一股恶风，刹那间遍地飞沙走石，黄河浪涛滚滚。就在这时，天上突然传来一阵痛苦的哀叫声。老三抬头望去，只见一只黑鹰身上扎着一支箭从高空摔了下来。他急忙赶上前去，只见那黑鹰"扑通"一声掉进了黄河。见此情景，老三纵身跳入急流，但是黄河里的波浪一浪高过一浪，眼看就要将黑鹰吞掉。老三急中生智，头一勾钻进河底，一会儿就把奄奄一息的黑鹰救了上来。老三冻得面色发青浑身发抖，但他顾不得这些，拔掉利箭将黑鹰抱回家中，用草药敷住伤口，并精心喂养起来。

几天后，黑鹰伤口痊愈，整天"咕、咕、咕"地直叫。老三明白它是急着要走，虽有些舍不得，但他知道笼中的鸟不能成为雄鹰，应当让它在蓝天飞翔，于是心一硬，含着泪花将它放了。谁知黑鹰从老三怀中刚飞出去一会儿，又从云雾里俯冲下来，盘旋在老三头顶久久不肯离去。老三望着黑鹰说："去吧，去吧，我不会忘记你的。"边说还边朝它挥了挥手，那黑鹰才依依不舍地飞走了。

冬去春来，过了九九八十一天，老三忽然听见屋顶传来"咕、咕、咕"的大叫声。老三出门抬头一望，只见离去的黑鹰又回来了，嘴里还衔着一个东西。黑鹰见他出了屋，就轻轻地将口中东西放在屋顶，并向老三点了点头就朝远方飞去了。老三急忙搭梯爬到屋顶，原来是一个裹着黄缎的洁白的玉盒，长约四五尺、宽约二尺、厚寸余，里面装有一本经卷。

老三又惊又喜，速报炳灵寺方丈。经众僧考证，认为此物系释迦佛所留之物。方丈激动地合掌于胸前，高声对弟子们说："今日黑鹰呈祥本寺，料想来日本寺定会香火旺盛，高僧辈出。"果然，此后来自各地的佛门信徒不远千里来到炳灵寺朝拜，和尚多时达三千余名。与此同时，老三佛学造诣颇高，他云游各地讲经说法，名扬四海。

阿凤整理

太平池的传说

永靖县三塬镇吴家村有一座古老的城堡，长百丈、宽十丈、高三丈，令人惊奇的是在城堡的中心有一个不小的水池，据说是明朝洪武年间挖的，军师刘伯温赐名"太平池"。传说六百多年前，朱元璋虽然坐了天下，但是西北边境动荡不安，朱元璋非常着急，就任命刘伯温为三军统帅，带兵到西北边境平乱。刘伯温接到圣旨后立刻带兵奔向西北边境。

一天，刘伯温率军来到黄河东岸，他让部队就地驻扎，自己化装成道人独自渡过黄河来到永靖三塬。他走街串巷打探实情，得知此地方圆几百里山高沟深，百姓吃水十分困难，若遇天旱，只得成群结队赶着牲畜到黄河里取水，许多百姓取水不成反而落水身亡，于是他们组织起来造反。

刘伯温认为镇压解决不了问题，只能智取，于是心生一计。这天，刘伯温来到吴家村，他背着手踱着步，这瞅瞅那看看，还一边摇头叹气一边嘴里不停地嘟囔。百姓们见这个道人举止怪异，都好奇地围上来看热闹。只听刘伯温嘀咕道："唉！可惜，可惜，多好的地方啊！"人们听了丈二和尚摸不着头脑。头领是个聪明人，他想：这道人真是个喷壶嘴，谁不知这里偏僻荒凉、缺吃少喝，还说好呢，我倒要问问他看他能说个啥好。于是他上前问："嘿，你看这里咋个好法？住在这里我们能有多好？"

刘伯温好像没有听出头领在戏弄他，捋着胡子眯着眼，沉思了好大一会儿微微一笑说："我虽是布衣之人，但天文地理、阴阳变化也略知一二。你们这里背靠凤凰抱卵，对面是黄鹰展翅，地下一定有两颗凤凰蛋。"百姓们前后仔细一看，山形果真如刘伯温所说。头领觉得老道谈吐非凡，连忙恭敬地问："先生的意思呢？""赶快动员全村百姓，马上在这儿挖地十丈，必有凤凰蛋出土。"头领见老道胸有成竹的样子，就立即号召全村百姓破土挖掘。

说也奇怪，没几天工夫，确有两颗稀世凤凰蛋被挖了出来。人们争先恐后地去抢，头领争抢到了一颗，另一颗却被众人踩碎了，踩碎的凤凰蛋立刻化作一潭泉水，清澈异常。人们高兴极了，奔走相告，从此这里再不愁吃水的问题了。后来，头领将那颗完好无损的凤凰蛋进贡给了朱元璋，朱元璋大悦，赐封头领总兵官衔，镇守西北门户，并在池边筑了一座城堡。因为城堡建成后这里风调雨顺、社会安定，百姓安居乐业，故而朱元璋为那水池赐名"太平池"。

阿凤整理

文成公主的传说

一轮旭日弹出地平线，一行长途跋涉的队伍，裹着难言的情愫走进永靖。队伍中有一名雍容典雅的盛唐女子，她亭亭玉立、云鬓高髻、轻罗舞袖。这名女子就是文成公主，她细细打量着这里的一草一木，忘记了舟车劳顿，忘记了前路漫漫。

当一行人到达炳灵寺时，在一道佛光的指引下，文成公主寻佛香走近，发现峭壁之上香烟缭绕、梵音袅袅。她赶忙伏身跪拜。霎时，一只周身散发金光的大鸟，衔着一株七彩九穗在天上出现。当大鸟掠过文成公主头顶时，九穗谷掉在了地上。于是，文成公主把谷物的种子分发给当地村民，并命随从给大家传授播种知识。就这样，永靖大地有了谷物，人们在忙碌中播种着希望。

然而，美好总是短暂的，纵使村民们万般不舍，文成公主还是踏上了去吐蕃的路。当时的文成公主肩负着家国使命，但其实她还只是个十六七岁的小姑娘，她偶尔会拿出怀揣的宝镜看一看，据说从宝镜里可以看到思念的亲人和故乡。但是，当她来到东西两重天的日月山时，为了彻底断绝思乡之情，便在山上摔碎了宝镜。摔碎的宝镜沿山坡滚落，转眼不知所踪。

突然有一天，文成公主托梦给当地的一名信徒，说她舍不得离开永靖，她思乡的魂也被宝镜一起带走，一直到处游荡。她想在背山临水的地方继续修行。因此，这名信徒号召四邻八乡的村民，在永靖玉皇阁中加修了文成公主殿。后来，那不知所踪的三块宝镜碎片，幻化成了炳灵湖、太极湖和恐龙湖。

常志梅整理

雾宿山的传说

相传在远古时代，天地混沌，盘古生其中，开天辟地，阳清为天，阴浊为地。盘古死后，身体化为日月星辰，他呼出的气息变为风雨，他的声音变为雷电，毛发化为山川草木等世间万物。

上古时期，水神共工与颛顼争斗，战而不胜，用头怒撞不周山，擎天柱断裂，还把西天撞开了一个大窟窿，天向西北倾斜，地向东南塌陷，江河湖泊向东流去。洪水泛滥，万物遭殃。

女娲娘娘得知共工把天撞了个大窟窿，于是在东海炼五彩石。大鹏神鸟从东海往返西南，衔石补天。历经数载，大鹏神鸟精疲力竭，坠落在雾宿山地界。于是，大鹏神鸟的躯体化作雾宿神山，羽毛化为云雾瑞气，五彩石化为五颜六色的花岗岩石。大山挡住了东流的河水，躬身回首，向西流去。人们把雾宿山群称为神山，它像一只展翅欲飞的大鹏，遥望西天，俯瞰着山川大地。

雾宿山的美，有诗为证：

巍巍雾宿入云端，

神鹏展翅欲飞天。

极目远眺楚天舒，

祁连皑雪山外山。

俯瞰笑迎东流水，

躬身回首逐晚霞。

高峡平湖山川美，

明珠辉映照华夏。

孔令科整理

五女峰

离炳灵寺五里处，有一座大山，它婀娜多姿，传说是王母娘娘五个女儿的化身。

过惯宫廷生活的红衣仙女听说下界有一处地方，众峰竞出、重峦叠嶂；或为宝塔、或为层楼；松柏映岩、丹青饰岫、水流滔滔。她就背着父母，偷偷来到炳灵寺。所见胜过所闻，她被眼前的景色深深迷住了。她看足了，玩够了，想返回天宫时，才觉身体疲乏，于是依石而坐，想歇歇再走。就在这时，峰回路转处突然闪出一个小和尚来。红衣仙女回避不及，赶忙俯首掩面。小和尚心里纳闷，上前问道："小姐姐，天近黄昏，为何一人在此？"红衣仙女羞答答地说："小师父，因母欠安，小女拜佛寺后，回家晚了。"说话间红衣仙女见小和尚眉清目秀，不觉眷恋。小和尚也对红衣仙女顿生爱慕之情，主动提出将她送出沟壑之外。

后来，小和尚几番渡河与红衣仙女相见。这件事被红衣仙女的四个妹妹知道后，决心成全他俩的姻缘。一天夜里，四姐妹偷了母亲的玉钏，想截河取道给姐姐修一条路，以免小和尚渡河时遭遇不测。可不承想被王母娘娘发觉，赶来阻止。为销毁证据，众姐妹急忙将手中的玉钏抛出。瞬间，夜空出现了万道光芒，如果玉钏落地，将会天崩地裂。眼看就要发生一场大难，王母娘娘急忙施法收回了玉钏。五女顿时下跪求饶，盼老母宽恕。王母娘娘怒气冲冲地说："我就让你们五个与那小和尚隔河相望，痛苦千世！"说罢一挥手，五女顿时化为一座山峰。

黄河北岸的小和尚见心爱的人和她的妹妹们化成了山峰，气得浑身颤抖，面色发紫，变成了一座紫青山。直到如今，五女峰和紫青山还在隔河相望着。

石磊整理

潘唐娃的故事

相传，很早以前，尼泊尔国有个叫潘唐娃的年轻和尚。他原先是个王子，因一心向往东方，常常沉浸在梦幻之中。一次，他在蒲团上正想得入迷，猛觉得有人在他耳边说道："汝可东行数千里，在一红山土盖头、黄河向西流的地方，可成好事。"潘唐娃睁眼四顾，身边并无一人。不久，他沿着丝绸之路，跋山涉水，向东方走来。记不清走了多少日子，终于来到中国境内。

潘唐娃路经敦煌、炳灵寺，继续东行。一日，他来到一处山势险峻的地方，抬头望去，真是红山土盖头；低头一瞧，果见黄河向西流。逢人相问，才知此地东为刘家峡，西为罗家川。潘唐娃高高兴兴地在罗家川红石山下以茅庵为屋，日日诵经念佛，早晚进村化缘。

一天，潘唐娃来到罗云老汉的家门化缘。老汉奉茶敬斋后说："你是友邻慈善之师。我虽不通佛理，但我懂仁义道德。我有一女，名金环，年方二八，聪明伶俐。今后让她每日给你送茶饭，你好专心学佛。"潘唐娃看老汉诚实忠厚，不好推辞，便双手合十，嘴里说着"善哉，善哉！"连连点头致谢。从那以后，金环天天给潘唐娃送食，刮风下雨，从不间断。

光阴似箭，转眼间金环送食已有两年。这天，金环放下吃食，满脸惆怅地对潘唐娃说："从明天起，没人给你送斋了。"随后便把自己被许配人家的事一五一十地告诉了潘唐娃，并说："我誓死不去，愿意终生侍奉你。求你搭救我。"潘唐娃沉默良久后说："你要是实在不愿意，等婆家娶你上船后，心里默默叫三声潘唐娃，你会得救。"

第二天鸡叫三遍，娶亲的人把金环抬上船，金环便在心里连叫三声"潘唐娃"。说来奇怪，朗朗晴空瞬间刮起大风，黄河水面起浪三尺。等风平浪静，却不见了金环。亲戚乡邻闻讯赶来，一直找到天明，还是不见金环。更为奇怪的是，红石山下茅庵依旧，潘唐娃却从此不知去向。

第二年开春，金环的哥哥上山犁地，眼前的红石山下跑过一对雪白的兔子，兔子边跑边说："山开不开？山开不开？"金环的哥哥又惊又奇，急忙回家告诉父亲。罗云听了也觉稀奇，便说："明天你若遇见小白兔，就应声'山开哩'，看它怎么说。"第二天，当兔子又问"山开不开"时，金环的哥哥按父亲嘱咐应了声"山开哩"。突然，轰隆隆一声巨响，那座红石山齐刷刷地塌了一半，山腰露出几间房子大的山洞来。人们搭梯进洞一看，只见一男一女相偎坐在一起，男的正是潘唐娃，女的就是金环。其时，二人已双双坐化。

石磊整理

鸳鸯潭

鸳鸯潭在炳灵寺上寺东侧的沟脑，汩汩清泉从天然的大溶洞内流出，然后飞快地打几个转，流入石潭。潭水清澈见底，时常四溢，偶有蜻蜓点水、野鸭嬉戏，景色美不胜收。

相传，在明朝成化年间（1465—1487），炳灵寺上寺有个名叫旦巴的和尚，他眉清目秀，聪颖过人，既会使枪弄棒，也会挥毫泼墨。一日清晨，他跟往常一样去潭里担水，巧遇一位少女。这少女远观，皎若太阳升朝霞；近观，灼若芙蕖出绿波。她上搭巾带，下着长裙，飘着一头乌发，捧着一对鲜桃，款款而来。旦巴接过鲜桃，想问姑娘来自何方时，少女却已不知去向了。旦巴急忙把两颗桃揣进怀里，喜滋滋地担水回寺了。晚上，旦巴辗转反侧，无法入眠。他把两颗桃子看够了放在枕头底下，想看了又拿出来，总是舍不得吃。不知不觉中他睡着了，在梦中他又见到了那位姑娘，而且相约次日在池边见面。第二天清晨，旦巴按梦中约定的时间到了池边，那女子果真正在等他。那女子见了旦巴哭成了泪人，她把自己后妈为了高攀员外，把她许给员外瘫痪儿子的事告诉了旦巴。旦巴左右为难，他同情这位女子，又惧怕师父知道他俩的幽会。旦巴在心神慌乱之时，脚下一滑，掉进了池内。那位姑娘急忙去救，结果也掉进了池中……此后，在风和日丽的日子里，人们总会见到一对鸳鸯在池内戏水。

这里的人们为了纪念那位舍己救人的姑娘，把这个潭叫作鸳鸯潭，把泉水流出的洞叫作鸳鸯洞。

石磊整理

牛鼻子峡

　　在太极川（半个川）西端，有一座形似牛鼻子的山伸进黄河，形成了一道长三里左右，宽30多米的峡谷。这道峡谷就是牛鼻子峡。

　　据说早前，天上有一条性格怪异、脾气暴烈且力大无比的巨龙，因在天庭多次惹祸，被玉皇大帝发配到人间，让它从青海出发一路东行，为所经之地百姓造福，使山更绿、树更旺、五谷杂粮库中放。可谁知这条九曲巨龙对玉皇大帝的发配心存怨气，它刚行至刘家峡附近时，野性发作，来了个大转弯，向西游去。顿时，山洪排山倒海般而来，淹没了瓜果飘香的半个川，当地的百姓被迫背井离乡。这事被玉皇大帝知道后，火速派天牛去制服巨龙。天牛来到半个川，想吸干水后再拿下巨龙。谁知那巨龙老奸巨猾，它头一摆，十八湾；尾一甩，转座山。天牛用尽浑身解数也无济于事。无奈，它只能求助鲁班大师了。鲁班大师用神力赶来了像山一样大的红、青、黑三种石头，命红、黑石头堵住巨龙的双眼，青石头堵住巨龙的嘴。在巨龙有眼看不见、有嘴叫不出的时候，天牛施展本领，准备一举降服巨龙。巨龙眼看不敌，施展神力，变成了三头六臂与天牛斗法。可怜天牛被活活地累死在三块大石头的旁边。

　　若干年后，有位风水先生经此地时说："牛鼻子能喝到水，三石能洗澡，半个川能富饶。"今天这里的情形，正中了风水先生的话：离牛鼻子峡不远处，斩断巨龙修了盐锅峡大坝，上游成了平湖，牛鼻子喝上了黄河水；三石立在黄河之中；两岸变成了良田，半个川成了鱼米之乡，瓜果之乡。

石磊整理

金花仙姑的传说

　　明朝洪武年间，兰州井儿街有一户人家，男主人叫金应龙，其妻子为方氏。一天，方氏做了一个梦，梦见自己吞下了日月，感而有孕。在洪武二十二年（1389）农历七月初七日晚，方氏生下一女，取名金花（又叫天姑）。金花自小垂髫端洁、不食荤腥，四岁开始捻麻纺线，好读经文。到了永乐三年（1405），金花刚满十六岁，年过及笄，因她一心只顾捻线，不想也不愿听别人说媒之事。众人多次提亲未果，父母只得将金花强行许配给大马莲滩（今属兰州市七里河区）王家庄华岭子村的村民王尕福子。出嫁那天，金家高朋满座，好不热闹。只有金花衣着如旧，若无其事。家人多次催促她梳妆，可金花总是慢条斯理地回答说吉时未到。等花轿到了门外时，金花趁大家迎"喜客"忙乱之际，将线头系在灶龛，一手拿麻线，一手拿火棍，越墙西去。金花出兰州西稍门，过下西园，上晏家坪，经摸石湾、泉神庙、大岭山，一路向南。

　　再说父母不见女儿，四处寻觅。其母方氏追了一程，不见金花身影，骂声"小冤家"后便从原路返回，从此这里得名冤家坪

（现为晏家坪）。方氏回家后，见金花所纺麻线从墙而过，于是派金花哥哥天元依线追寻。当天元行至大岭山（今永靖县神树岘）时，见金花盘膝端坐在青石岭上，准备强行拉金花回家。金花对哥哥直言："妹妹乃慈航分形，光分南海，肩负普度众生脱离苦海之重任。如今功果圆满，已成正果，不能后退半步。"天元不相信妹妹的话，说："你若能修成神仙，今天将手中的火棍插到石头上长出叶子来，我便不再勉强你，你就修你的仙去吧！如果没有这样的能耐，乖乖地跟我回去，免得父母为你操心。"金花闻听此言，便顺手把烧火棍插于道旁巨石之上，瞬间火棍生枝吐叶，变为一棵枝繁叶茂的青松。天元目瞪口呆，方知妹妹所言不虚，只好长叹而归。后来，那地方便叫"神树岘"或"神树岭"，那棵树就叫"神树"。现在神树犹存，顶部有明显的火烧痕迹，树下为仙姑神庙。

兄妹分手，金花继续南行。又经关山乡蒲家沟，折向西行，过小干沟梁、格水岭、歇马殿、黑山顶，直达塔什堡浪头山。金花登高俯视，只见吧咪山山势奇特，山上森林茂密。金花便在吧咪山一洞中静修。有一天，金花走出洞外，抬头望天，万里碧空；回首看家，烟云茫茫，不由得心中一酸，眼泪洒落在地上，遂变成一眼清泉，后人把这眼泉叫"吧咪池"。朝山敬神者取池水饮用，据说可保安康。

是年农历四月初八日，金花在吧咪山无影洞中羽化成仙，此事在当地民间广为传颂。金花得道归天后，此山满山遍野长出野生谷物——吧糜。若当地遭遇荒年时，老百姓就从四面八方来到这里收割吧糜。吧糜救活了不少人，故称此山为"吧咪山"。

金花仙姑有许多奇闻逸事，下面兹举数例。

托梦左宗棠

光绪初年（1875），左宗棠领兵入疆，同入侵的沙俄交战。一天，左公在伊犁被敌围困，军情十分危急。左公苦思应对之策，忽伏案入睡，蒙眬中见一仙人。这仙人秀眉粉黛，飘然至案前，严词厉色地说："马上突围，可转败为胜，否则将全军覆没。"又说："我是兰州西南百里处的女神。等你凯旋回兰，我将以三天的清风细雨迎接你。"左公正要问话，这女子已飘然而去。左公猛醒，知是一梦，回想梦中所见，深感奇异。回味梦中所言，感觉不无道理。左公忖道：如果女菩萨真的有灵，我凯旋回兰后一定给你修庙塑金身。结果，左公突围成功，将侵犯者赶出国门。左公率军回兰州，果然清风细雨三天。左公在兰向同僚谈及梦中之事，得知兰州西南百里处的吧咪山确有一位金花仙姑。左公慨然曰："真神也。"于是，他亲出俸银五百两，当即派人重修金花仙姑庙宇，绘塑神像，并奏请光绪皇帝敕封，四时祭祀。左宗棠在离甘回京前夕，亲笔题写了"灵感神祠"并做成铜质匾额，送至金花仙姑庙悬于神殿。

总统菩萨

民国初年（1912），张广建驻甘时，连年大旱。城乡绅民呈请省府迎请吧咪宝山金花仙姑到兰州祈雨。张广建持怀疑态度，并对绅民说："迎请金花仙姑祈雨，如三天内降下好雨，我将仙姑请到辕上隆重报答；如果三天内无雨，我就将仙姑金身扔入黄河。"城乡绅民抱着忐忑不安的心情，从吧咪山将金花仙姑请到兰州，供奉于兰州井儿街行宫设坛祈雨。在祈雨的头两天，烈日炎炎，晴空万里，信众个个心急如焚。第三天限期已到，时至中午，天空仍不见一丝云彩，人们的心一下子悬了起来，眼巴巴地望着碧空发呆。就在人们紧张祈盼之时，东方升起一片浓云，渐渐在天空蔓延。霎时，浓云覆盖兰州上空，细雨沥沥，越下越大。兰州民众冒雨奔向井儿街金花仙姑行宫，敬香叩拜，感谢金花仙姑显灵。前往朝拜者人山人海，将行宫围得水泄不通。这时，张广建总督也派自己的轿夫赶来，请金花仙姑的神轿到辕上接受隆重道谢。神轿抬至辕门，张广建带文武官员出辕门迎接，但八抬神轿却不进辕门。有绅老提醒总督："金花仙姑显灵降雨，你曾有言在先，要按功将金花仙姑的神位提升。"张广建会意，便脱口而出："那就称'总统菩萨'吧。"话音刚落，金花仙姑的神轿款款进了辕门。后来，这件事在省城兰州及各地广为流传，金花仙姑的尊号也因此改称"灵感金花仙姑总统带雨菩萨慈悲普济元君"，简称"总统菩萨"。

金花宝珠

民国三十五年（1946）夏天，兰州附近百里内久旱不雨，百姓呈请省府，要求迎请吧咪宝山金花仙姑到兰州祈雨抗旱。时任甘肃省政府主席兼驻甘绥靖公署主任的朱绍良、候任省政府主席谷正伦允准，并亲率省府官员到小西湖迎接。神奇的是，金花仙姑的神轿刚到兰州小西湖，天上就星星点点下起了小雨。仙姑神轿在雨中徐行，雨越来越大，直到神轿抵达井儿街行宫，大雨倾盆，连续下了三天三夜，兰州一带的旱象完全解除。官民同庆，都深感仙姑显灵，拯救了万民。为感谢金花仙姑，朱绍良夫人献出了一颗珍藏多年的宝珠，亲手戴于金花仙姑神像颈项。谷正伦夫人用黄金制作了一朵金花，亲手系于仙姑神像胸前。

何其龙整理

泉神庙的故事

甘肃省城西南五十里处的关山森林公园内有一座名山，因形似蟠龙、踞虎、欲飞春燕，故名龙虎燕子山。据《读史方舆纪要》记述："山雄秀甲于郡（金城郡）境，即马寒山（马衔山）也。盘亘深远，与狄道（临洮）县及兰州接界。"

传说唐代中叶，吐蕃告急，日月山顶的烽火台突然升起了浓浓的狼烟，消息很快就传到了都城长安。皇上急召大臣商议，决定派文武双全的郭子仪前往西藏处理。郭子仪精挑细选了几十名精兵强将，马飞如箭，直奔西藏。他们日夜兼程，翻山越岭来到金城（兰州）时，天已黄昏。心急火燎的郭子仪将军怕走大道延误时间，就一马当先，率众进入小道，一口气行到龙虎燕子山。这时，部队人困马乏、饥寒交迫，大家想暂歇后继续前往。哪知，将士们累得像一摊泥，不管冰天雪地，倒头就睡。郭子仪虽已疲倦不堪，但他为了多让将士们睡一会儿，硬是强打精神巡哨。他想：眼下这地方一无食、二无水、三无店，天将绝我啊。正在郭将军绝望之际，突然发现在山回路转处，有一闪一闪的亮光。郭子仪转忧为喜，赶忙叫起将士向光亮处走去，赶到眼前一看，发现光是从土窑的破木门缝里透出来的。郭子仪轻声敲门道："里面有人吗？""谁呀？"里面传出了声音。"我们是过路的官兵，我叫郭子仪，因饥渴难忍，想讨口水喝。"里面的人马上打开了门，走出一位老道。短暂交谈后，老道激动地说："你就是辅佐朝纲、爱民如子的郭子仪将军啊，快请到窑洞中。"那位老道用当地特色饭浆水面和用雪融化成的水招待了大家。临别时,郭子仪抱拳道:"道长,今日幸遇你倾囊相待,本应涌泉相报,只因我等身负重任,不可久留。我们他日再会。""哪里,哪里,一碗饭,一碗水,微不足道,不必挂齿。只是山头烽火未熄,前程遥远,今日贫道送马鞭一条,将军倘若遇难,方可用之。"郭子仪接受了礼物,依依不舍地告别老道,历经千辛万苦,到达拉萨。

郭子仪刚到拉萨,那里就风云突变,叛贼们不但将吐蕃王控制,而且重兵包围了郭子仪的驻地。当时拉萨连续下雪,纵然杀出一条血路也难逃生。正在求生无望之际,郭子仪突然想起了龙虎燕子山那位老道送给他的鞭子。他赶紧从腰间抽出鞭子,祷告道:"你若今日显灵开路,日后我定修庙宇,保证钟声不断,香火不灭。"说罢,他举鞭一抽,顿时,一道金光喷出,顺着鞭梢劈开了一条直通中原的小道。郭子仪命部下悄悄冲出了防线。天亮后,叛贼不见郭子仪及其部下,怕被皇上知道派兵讨伐,于是就穷追不舍,想灭掉郭子仪。

当郭子仪经过青海湖时,身后杀声阵阵,心神慌乱的他不小心将鞭子掉进了青海湖。由于军情紧迫,他没来得及捞鞭子就匆匆赶路。当他通过龙虎燕子山时,想顺便对那老道说声谢谢,但之前的窑洞和那老道都不见了。就在这时,猛听得一声巨响,眼前好端端的路陷下一个深坑。郭子仪下马侧耳一听,坑内好像江河咆哮,万马奔腾。此时从坑里面飞出一群大雁,随后一股泉水喷涌而出,上面还浮着他在青海湖不慎丢掉的鞭子。郭子仪又惊又喜,连忙捞出"神鞭",向清泉三拜后直奔长安。

郭子仪到长安后,皇上封郭子仪为汾阳王。郭子仪率兵再次到西藏,斩除叛贼,救出了吐蕃王,西藏恢复了素日的平静。他凯旋路过龙虎燕子山时，亲自题"泉神庙"匾额一块，并建大殿一座，立凤凰巨碑三块。部分石碑现保存在泉神庙的展览厅中。

据说，每当拉萨的牛奶湖和青海湖上刮风起浪时，远在几百里以外的龙虎燕子山这眼平静的泉水便即刻奔腾起来，随即兰州、永靖等地的山头乌云弥漫，大雨顷刻而至。

何其龙整理

渗金佛的故事

传说清康熙年间（1662—1722），抱龙山住着一位叫李福的道人。因这位道人一年四季只铺一张狗皮，人们称之为"狗皮道人"。李福道人的狗皮垫不只是防寒，当老百姓碰到天灾人祸，家里揭不开锅时，只要求助李福道人，他总会从狗皮垫子下拿出金银施舍。有一次，两个年轻人心怀诡计，穿着破旧衣服来到李福道人住处，一个人将李福道人骗出住所，另一人将黑手伸进李福道人的狗皮垫下，企图掏出金银，不料却被两条指头粗的蛇缠了手和腿。这个年轻人见状便下跪求饶，并发誓再不干伤天害理之事了。说也奇怪，那两条蛇好像听懂人话似的，立马松了那人的手和脚，摇着尾巴走了。

后来李福道人在古稀之年回陕西看望弟子时，那些弟子正在塑一尊佛像。但奇怪的是佛像刚塑成，就哗一下变成一摊泥，反复几次，结果还是一样。无奈之下，他们便去请教李福道人。李福道人哈哈一笑说："按我的样子塑，就不会再垮塌了。"说完坐在椅子上。随后弟子们等了好半天，李道人身不动，眼不眨，声息全无。一位弟子忙上前试了一下师父的气息，结果发现师父已经羽化成仙了。于是弟子将存放已久的金粉涂在李福道人的身上，可他们涂一层金，李福道人的皮肤里就渗一层金。地方官将此事告知朝廷，皇上阅后说："怪事，身体还能渗金，那就叫'渗金佛'吧！"皇上的敕封一到，李福道人的肉体不翼而飞，只剩下一尊金佛了。

唐国珍整理

大禹斩龙

大禹，姓姒，也叫夏禹、伯禹，古涂山氏国（今安徽怀远）人。

传说，在上古某个时期，黄河流域一片汪洋泽国，当时的部落首领舜选了一个名叫鲧的人去治水。鲧就是大禹的父亲。鲧从天上偷来了"息壤"，这是一种可以随意膨胀体积的东西，鲧用它来堵塞天下河流，结果水越聚越多，更加泛滥成灾。舜很生气，就把鲧给杀了，又派鲧的儿子大禹去治水。大禹便来到积石山，在察看了地形后，便带领万民挖山削崖想开凿一条水路。这时一条恶龙飞过来，挡住峡谷的开凿。大禹非常气愤，狠狠一斧劈下去，把恶龙斩成两段，继续凿山。大禹经过千辛万苦，终于凿出一条石峡，滔滔黄河顺峡东流而去，消除了这一带的水患。

如今，黄河两岸的崖壁都是赤红色的，传说就是禹王爷当年斩龙时留下的斑斑血迹。

何其龙整理

鲁班修黄河桥的传说

赶石

传说，鲁班从黄河上游赶着一堆大石头，滚滚向前，来到甘肃永靖炳灵寺峡谷。他赶的石头滚动着，像一片翻卷的白云，又像一地走动的羊群。此情此景，鲁班是不愿让人们知道的。谁料村里的一位姑娘看到了，她便惊讶地大声喊叫起来："快来看呀，一个白胡子老者赶着石头下来了……"村姑的喊声还在山谷里回荡着，顿时，鲁班赶的石头却全停下了。从此，炳灵寺对岸的黄河滩上，满滩上横卧着数不清的大石头，人们把这个滩就叫"鲁班滩"。鲁班滩上有一块三间房子大的石头叫"鲁班石"，这块石头上面有鲁班的坐痕。鲁班石附近还有一口巨大的石缸，传说是鲁班修黄河桥时用过的水缸。当然，还有鲁班坐过的石椅、石桌。刘家峡水库蓄水后，鲁班石、鲁班缸等连同鲁班滩都被淹没在浩瀚深邃的水流之下了。

削膝

鲁班为了修好黄河桥，每天赶凿石料，一日三餐都在工地上。他打凿石料时，专心致志，不愿让人随便打搅。他嘱咐老伴每天送饭前，先把家里的一条小狗打发到施工滩上来，然后老伴才能提着饭篮给他送饭来。老伴依他的嘱咐办事，每日三餐，总是先把小狗打发去，随后才去送饭。可是年长日久，老伴也就腻烦了，心想："这老头也真古怪，每次送饭干吗要先把小狗打发去？我今天偏不让小狗先去，看他搞什么名堂。"于是，她就没有打发小狗先去，而是自己提上饭篮，悄悄地送到施工滩上。她来到工地一看，哟，鲁班正把大块石料放在自己膝盖上打凿。碎石子像雪花一样飞溅，凿石声震得峡谷轰轰作响。她想："这多危险呀！"就情不自禁地喊了一声："哎哟！"鲁班突然听见这"哎哟"声，心中一惊，一凿下去，削掉了膝盖骨。老伴一见，三步并作两步，跑到鲁班跟前说："哎哟，老头子，这怎么搞的呀！"鲁班生气地说："谁叫你不听我的话，不把小狗先打发来呢！"老伴难过地说："我以后再也不这样做了。"鲁班见老伴知错了，就在受伤的膝上垛了两团泥，奇怪，鲁班的膝盖又长出来了。

遗嘱

鲁班技艺高超，事事如意，唯有儿子不听话，不孝顺。鲁班说东，儿子偏要往西；鲁班说上，儿子偏要向下。有一年，鲁班一天比一天病重了。他想："这儿子这么不孝顺，不听话，看来是不会给我做一口棺木的。我要他做一口木棺，他肯定要给我做口石棺；如果我要他给我做一口石棺呢，说不定他就会做一口木棺的。"鲁班临咽气时，把儿子叫到跟前，嘱咐说："眼看我就要命归黄泉了，别的我什么都不要，我死后，你就给我做一口石棺吧！"说完，就合上了眼睛。

谁知，儿子一见一辈子到处凿石修桥的父亲如今就这样惨别人世，不由得心中一阵悲痛，心想："我一辈子没听过父亲一句话，从未按父亲的吩咐办过一件事。现在父亲死了，我就按他老人家的临终嘱咐，给他做一口石棺吧！"于是，儿子就给鲁班做了一口石棺，入殓了鲁班的遗体，埋在黄河岸边。又过了许多年，黄河水把鲁班的石棺冲到黄河里去了。

冤沉

鲁班滩附近的尕鲁坪，有一个少妇每天早上挑着水桶，迎着朝霞，到黄河里去担水。她每次来到河边，总是听到黄河下面有一个男人的声音在喊："我什么时候才能出世呢，我什么时候才能出世呢？"有一天，这个少妇把这件事告诉给她婆婆。她婆婆以为这是一个什么坏男人藏在河里，妄想勾引她儿媳妇哩，就气冲冲地跟儿媳妇说："你就给那个人说'你驴年才出世呢'。"这儿媳妇是个勤劳、忠厚的农村少妇，婆婆怎么说，她就怎么做。

第二天早上，这年轻媳妇又挑着水桶，迎着朝霞，去黄河担水了。她一到河边，又听到"我什么时候才能出世呢"的问话。这媳妇就按她婆婆的吩咐大声回答道："哎——你驴年才出世呢！"

刚说完，猛听"咕咚"一声，好像一件很沉重的东西沉到黄河底了。传说，这问话的男声是鲁班的灵魂发出的。鲁班因为躺在石棺里头，不能到阳世去，所以就向人们求问，如果有人回答说"你明天或明年出世呢"，鲁班就能来到阳世。可这年轻媳妇回答说"你驴年才出世呢",世上哪有驴年呢?所以就气灭了鲁班的灵魂,石棺就沉到很深很深的黄河底了。

选自《名人故事》,卢世谟整理

刘伯温斩龙脉

刘基,字伯温,1311年出生于浙江青田,二十三岁中进士,三十九岁任江浙儒学副提举,行省考试官,以清廉正直闻名。元末朱元璋进取江浙时,受朱之聘,深得信任,在军中参与机要决策。在统一江南、北伐中原、辅佐明太祖、推翻元朝政权中,立下不朽的功勋,为明朝开国功臣之一。明洪武三年(1370)封为"诚意伯",后封为御史中丞。明正德八年(1513),即刘基死后的139年追赠太师,谥文成。现浙江文成县就是为纪念刘文成公而命名。

刘基告老还乡后,不与地方官吏来往,不炫耀自己在朝中的功绩,唯酒棋诗文自娱。他生前不建大厦,不置私产,为官期间两袖清风,从不谋私利。刘基终年六十五岁,死后根据遗嘱,只筑一丘土坟于夏山上。

刘基通晓经史,能测天文,精通兵法,《明史·刘基传》称他"虬髯,貌修伟,慷慨有大节。论天下安危,义形于色""所为文章,气昌而奇,与宋濂并为一代之宗"。而且,他"博通经史,精象纬之学"。一些史籍中也留有一些离奇的记载，说他是一个才智卓绝、料事如神、天文地理无所不知，军政财赋无所不晓的英雄人物；还说他是个能够呼风唤雨、未卜先知的拥有超能力的人物。永靖民间称他为"前有诸葛孔明，后有刘基伯温"，有关他的传说故事很多，现择其一民谣："王家坡跟簸箕滩，人肬脑（头）滚了一坟滩。骑着板凳能过河（黄河），夹着簸箕能上天。"这首民谣说的是明洪武年间，地处黄河岸边的王家大山坡根，有一支农民起义军，他们白天种地，晚间习武，个个武艺高强，人人箭法纯熟。尤其王老五，射箭百发百中，有万夫不当之勇。他还有一套绝招，骑着板凳能漂过黄河，夹着簸箕能飞上天空。

一天，王老五把他的儿子王龙叫到跟前说："我原本打算百日后起兵，不料，我身上的旧伤复发，恐怕性命危在旦夕了。"接着他意味深长地说："如果我命绝身亡，你就把我的尸体放在聚义厅，守孝到百天时，向东南方向射箭起义，便可一举奠定乾坤。"

没过多久，王老五就死了。王龙按照父亲的遗嘱，把他的尸体停放在聚义厅，跪到跟前，焚香化表，守孝百天。可王龙是个急毛猴性子，就在第九十九天的时候，他实在忍受不下去了，跃然起身，拿起弓箭，用尽全身力气朝东南方向射去。这箭一离弦，王老五的尸体像活了一般翻身起立，飞身上马，但由于还差一天工夫，他即从马背上掉下来，摔倒了，没能起死回生。王龙的起义因此也没有成功。但是王龙向东南方向射出的那支利箭，却已插在了应天府皇帝的金銮宝殿前，朱元璋在一声巨响中看见利箭就在他眼前，顿时吓得面如土色、浑身打战。他清醒之后，便急忙召集群臣，专查此事。

大臣们到了，都恐慌地跪了一地，鸦雀无声。半晌，刘伯温开言道："吾皇万岁在上，臣夜观天象，在西北方向，黄龙翻腾，山脉很旺，如不早除，对我大明江山威胁很大。"于是朱元璋即任刘伯温为钦差大臣，并赐一把斩妖宝剑，随带两万亲兵，星夜直向西北方向进发。

刘伯温领兵到了炳灵寺东南的地界，把军队驻扎在南山一带，自己和几个亲兵爬上了地势最高的雾宿山。他站在山顶向远遥望，倒吸了口冷气。原来他清楚地看到：黄河从当年大禹治水的开端积石山中咆哮奔腾而出，像条巨龙从天而降，很自然地又在刘家峡伸头摆尾，经盐锅峡又绕了几个弯，又像一条玉带，而那黄河两岸的奇山异峰，又以刘家峡为圆心，上绕炳灵峡，下绕盐锅峡，围绕着前后两个川。前川像风水阴阳的罗盘镜，后川似太极图。他惊叹道：这里真是虎踞龙盘所在，人杰地灵的宝地！联想起射在皇上金銮宝殿前的那支神箭，他不禁浑身打了个寒战，便立即在此下手。

刘伯温急忙提剑下山，带着两万亲兵，直入前后两川，杀得起义军丢盔弃甲，血流成河。又驱赶着两川的百姓们拿着镖头和铁锹，和两万亲兵一起从积石关、长夷岭，到王家大山、骆驼巷，直至青海民和，掀起了一场"斩山脉，赶黄龙"的挖山工程。这时，刘伯温经过卜算，到前川王家坡跟挖出了起义军头领王老五的尸体，发现他竟然面色红润，肌肉富有弹性，与活人一般。刘伯温举剑一斩，忽然黑云翻滚，尸体顷刻间变成了一条流血的大蟒，一股鲜血向南面的寺沟峡流去。

刘伯温手握宝剑沿着血流的方向追去，欲斩断血头，谁知迎面来了一个身穿白衣的女子。他问："请问小姐，刚才有一股流淌的鲜血从此经过，你看见了没有？它流向何方？"

白衣女子答道："什么鲜血？我可没见，我只看见一股清水流向寺沟峡。"她话音一落，也不见踪影。

刘伯温眼前忽然出现了一股流向寺沟峡的清水。于是他提剑顺着清水奔跑，欲斩断水头，但跑到黄河边，发现那股清水已经流入黄河，只见河内波浪滔天，汹涌澎湃。他在河滩上紧追不舍，被河卵石绊倒。他恼怒地爬起后，遥望流向东北的黄河，只见刘家峡那里水汽蒸腾，白雾茫茫。他率领亲兵追到那里，又被蒸腾的水汽白雾笼罩，觉得天旋地转，不知所措。过了一会儿，等清醒过来，他上气不接下气地又瞎转到牛鼻子峡口时，不是青壁撞鼻，就是红岩刮脸。这个地方真奇特：红山白土头，黄河向西流；雾宿山像青脸的巨人，冷冷地盯着他；奔腾的黄河似一太极图，将他团团围着，两万兵马左冲右突就是冲不出去。刘伯温无可奈何道："积石雾宿太极川，藏龙卧虎不一般。伯温斩脉难上难，留点遗迹后人谈。"

于是，刘伯温经过实地勘察，从河州（今甘肃南部）城北崔家坡开始，沿丝绸古道修筑了军事防御设施——烽火台。"五里一燧，十里一墩"，真可谓"烽可遥见，鼓可遥闻"，一直延伸到青海。这条线上计有：朱家墩（今临夏县境内）、张河西墩、尕撒拉墩、冯家坷坨墩（黄河北）、东湾墩、焦家庄墩、王台墩、小岭墩、川城墩共九座。又从冯家坷坨墩向北循黄河而下至湟水河汇入黄河下游的焦家，形成另一条防线，有关山墩、孔寺墩、毛茨台墩、朱家台墩、方台墩、焦家墩、黄河南小茨沟山头墩共七座。还有一条川城以北的山巅岭头，摆布着八座墩，即：大山坪墩、马东山墩、格之古墩、祁家山墩、后坪墩、康家岭墩、榆树湾墩、三房墩。

六百年后的今天，永靖境内随处可见孤傲的烽火台遗迹。它们因山势踞险，巍然壮观，是古代通信设施。当地老人们总是指着这些土台给后辈们说："这是刘伯温斩龙脉的地方。"

石磊整理

刘家峡的传说

黄河弯弯曲曲，穿过座座大山，到甘肃中部，在永靖县附近，流进一条二十多里长的大峡谷。这条峡谷两岸的山峰高高低低地耸立着，看着叫人头晕。黄河水像数不清的脱缰野马，在峡谷中咆哮着奔腾而下。

离峡谷不远的山窝里，有个小山庄。庄里有个姓刘的老汉，刘老汉家里有老伴和两个儿子。四口人靠几棵果树过日子。他们成年累月侍弄着宝贝似的核桃树、枣树、梨树，把收获的果实挑过黄河，到城里卖掉。日子虽说不很宽绰，倒也吃穿不愁。

刘老汉平日抠得很紧，不舍得乱花一分钱。买点儿油盐也要掂量掂量。穷人家没别的进钱门路，不攒点儿钱，有了事怎么办呢！

这年秋天，刘老汉挑了满满两筐核桃，起早去卖。他顺着弯来弯去的羊肠小道，一步一步地从山上下来，晌午到了黄河边。

摆渡过河的羊皮筏子在河对面。刘老汉就蹲在一块石头上，等羊皮筏子过来。

黄河水打着漩儿，浪头激到岸边山石上，水柱飞起几尺高，让人看着心里发怵。羊皮筏上坐满了人，刚离开对岸，就起了大风。狂风顺山谷呼呼地穿过来，浪更大了，水更急了。

刘老汉一欠身站起来，提着心，瞪着眼，看着河里的羊皮筏子。筏子在水中忽上忽下，转过来转过去。筏上的人紧紧依偎着，有的闭上眼睛，有的乱喊乱叫，有的哭了起来。

筏子到了河中心，突然，一个浪头扑下来，羊皮筏子一下不见了。刘老汉打了个冷战，忙跪下来磕响头，不住嘴地念叨："上天保佑，上天保佑。"

谁知一浪过去，羊皮筏子又从水中钻出来，终于靠了岸。刘老汉抬起头时，人们正从筏子上下来，刘老汉惊呆了。其实，碰得巧，一浪扑不沉筏子的事也是有的，可刘老汉却认为是他求神的效应。

到了晚上，刘老汉回到家，吃饭时没端碗，睡觉时翻来覆去睡不着。半夜了，他叫醒老伴，把白天在黄河边遇到的事一五一十地说了一遍。他要老伴支持他修座庙供菩萨，保佑人们平安过河。

他老伴好说话，刘老汉咋说她咋依，接着他又说服两个儿子。于是，他们把积蓄全拿了出来，买来砖瓦、木料。刘老汉请来匠人算一算，还差一半东西。他一咬牙把几棵果树也卖了。

全家人费了九牛二虎之力，凑够了料，在峡谷里盖起了一座庙。从此，过河的人总要先进庙祷告一番，祈求神灵，保佑平安。

许多年过去了。人们想念着这个好心的刘老汉，便把这个峡谷叫刘家峡了。

选自《黄河传说故事》，申法海整理

李靖探河源

　　黄河河源到底在哪里，这是很多年没有搞清的事。为了探查清楚黄河源头，不少人冒着生命危险，历尽艰辛。怎奈这一带气候异常、地形复杂、荒无人烟，野兽常出没，谁也没有找到。传说唐朝大将李靖为了探找河源，险些丢了性命。

　　很早以前，人们都说黄河源头在青海的积石山。

　　唐太宗李世民建立了唐朝，国泰民安，事事如意。一天，西边的一个小国派使者朝贡了一个精致的小匣子。唐太宗打开匣子一看，里边啥也没有，只有一张纸，纸上写着一行工工整整的字："献黄河源头三百里。"唐太宗大怒：黄河源头在积石山，积石山本是我大唐江山。拿唐朝国土送唐朝皇帝，这不是戏弄我李世民吗？唐太宗越想越火，立即传李靖进宫。

　　李靖是跟着李世民南征北战，立下汗马功劳的大将军。李靖不知唐太宗有何急事，匆匆忙忙进了宫，还没稳住神，唐太宗就命他立即发兵征剿那个小国。

　　李靖弄不清是怎么回事，就问："人家刚送贡礼，为何要发兵打人家呢？"李世民就把事情告诉了他。李靖说："这个小国哪敢戏弄皇上，据臣看来，黄河源恐怕不在积石山哩！待臣先去探查一番，不知圣意如何？"唐太宗想想也对，就同意了。

　　李靖带着人马，驮着干粮，沿黄河走了三个月，进入积石山。黄河在积石山那里绕来转去，积石山上，巨石乱滚，一不小心，就会连人带马砸下河去。三个月下来，李靖带的人马死的死，病的病，算上他只剩下十个人。粮草也耗费完了。

他们又走了两天，出了积石山西山坡。黄河成了个小河，但是水又深又急。走着走着，河水分了汊，三股水潺潺流着。"哪条是黄河？该顺哪条河道向前走？"李靖发了愁。

李靖躺在河边的草地上推测着。几个士兵围着李靖，乞求说："李将军，再向前走，咱都得死，还是回去吧。回去就说积石山西边是黄河源。这鬼地方，谁也进不来，没有人知道。"李靖听了，呼地坐起来，大声说："不行，谁不想走，留下。"他站起来，看看坐在地上的几个士兵，说："想跟我走到底的站起来。"几个士兵你看看我，我看看你，终于都慢吞吞地站了起来。

李靖把十个人分开，三个人沿北边的小河向上游走；三个人沿南边的小河向上游走；他带着三个人顺中间的河向前走。众人约定谁走到头立即返回，在三条河汇流的地方等。谁不回来，就是找到黄河源头，大家就去追他。

李靖一行走着走着，忽见前面是一片望不到头的草泽平原。李靖又累又渴，就到水边捧着清清的河水喝起来。河水搅起一个个小波纹。突然，一条黄色小龙蹿出水面，原来它是在这里守卫河源的，不许任何人再跨越一步。

小黄龙对李靖说："你是什么人？为何来到这里？"李靖说："我们是唐朝皇帝派来的，要探查黄河源。"

小黄龙说："你们赶快回去，天帝有旨，谁也不准去黄河源。"

李靖说："去去何妨？"

小黄龙大怒，一甩尾巴朝李靖攻来。李靖一低头，躲开了。小黄龙嚓一声冲到岸上，和李靖对打，三个士兵也赶来相助。

他们打了一天一夜，三个士兵全战死了。李靖遍体是伤，昏倒在河边；小黄龙也浑身是血，身上挨了十几刀，趴在地上吭哧吭哧地喘粗气。一阵风过去，李靖醒过来。小黄龙也缓过气来，它挺起身，张大嘴，朝李靖扑来。李靖摸出弓箭，嗖地一下，射中小黄龙的一只眼睛。小黄龙惨叫了一声，滚入河中，在水里翻滚了一阵，向西逃去。

李靖看着小黄龙逃走了，本想再给它一箭，又一想：还是跟着它找到河源。小黄龙带着伤在水里逃，李靖持宝剑在后追。这样追了三天，到了座大山前。这里突然狂风大作，飞沙走石，接着下了一场暴雨；暴雨过后，天上飘起了雪花。李靖扛不住，一头栽倒在地上。

却说沿南边和北边两条小河查找河源的六个士兵，不几天就走到了河的尽头，这两条显然是黄河的支流。他们赶忙往回赶，在汇流的地方等了多时，不见李将军回来，就顺中间的河去追。

后来，几个士兵找到了昏迷不醒的李靖，把他抬了回来，到积石山遇到唐太宗派来接应的人，一起回到长安。李靖在长安调养了几十天，身体才恢复过来。唐太宗问他探清河源没有。李靖说："黄河源头不在积石山，在积石山西边很远很远的地方，微臣无能，没有能探查到底。"

李靖虽然没有找到黄河的最后源头，不过从此人们不再说黄河源在积石山了。唐太宗也不再为"献黄河源头三百里"的事动干戈了。

选自《黄河传说故事》，申法海整理

太极川

刘家峡不仅因大型水电站闻名于世，而且山水地貌也是一大景观。

凡名山大川，多为气场宝地。刘家峡就是这么一个宝地：东有骆驼山，南有八马山，西有卧牛山，北有雾宿山，连绵起伏的山呈环状之聚气形；还有曲则有情的黄河在此流出了中国符号最美的"S"形，即龙形，这是天公用水在大地上书写的美丽画卷，气势磅礴，无与伦比，故名太极川。

太极图大家并不陌生：一个圆，中间有一条"S"形的曲线把圆分成一白一黑，白中有个黑点，黑中有个白点，意思是阳中有阴，阴中有阳，正好组成两个互抱的阴阳鱼，很神秘，也很有艺术性。

研究河流之气的《水龙经》载："龙落平阳如展席，一片茫茫难捉摸，平阳只以水为龙，水绕便是龙身泊，故凡寻龙，须看水来回绕处求之。"由此可见，刘家峡所在的太极川正是盘踞的龙体。

"太极生两仪，两仪生四象，四象生八卦。"在八卦中，分先天伏羲八卦和后天文王八卦。相传先天八卦是伏羲氏创造的。伏羲和女娲的名字我们并不陌生。从古代文物中，我们知道伏羲、女娲长的是人头蛇身。而且在古代画像中伏羲捧日、女娲捧月，可见他俩是阴阳的化身，从"S"形蛇身分析，是气的象征。

令人奇怪的是，他们蛇身的下部是呈螺旋互相缠绕状，就连夏禹王的"禹"字古老写法也为二蛇相交状。

太极川黄河"S"形，与宇宙天体二十八宿非常相似，战国的"蟠螭纹"，最多的线条还是"S"形；魏晋南北朝和唐代的回纹也即"S"形；宋代的兔背纹、密环纹、字纹、古钱纹则大量使用"S"线；明代的祥云也使用"S"形；就连现代模特儿走步的轨迹也是弯弯曲曲的"S"形，而且是双"S"形……深入考察，整个中国传统文化中这种现象比比皆是。

说来这不是迷信，也不是牵强附会，而是中国几千年来观察宇宙人生和社会乃至山河花草鸟兽发现的一条重要规律，就是所谓天人相应。说得再具体点儿，就是同声相应，同气相求。

古人对刘家峡太极川描写道："脉从正龙朝对尊，眠弓一案显玲珑""阴阳妙合先天配，造化窝从无极开。"这里"水见三弯，福寿安间；屈曲来朝，荣华富饶"。有情之水造就了鱼米之乡，东西有两大水电站；1000多亩的太极岛上芦苇成片，珍稀鸟类栖息繁衍；雾宿睡佛与罗家洞相映成趣。真个是"浓妆淡抹总相宜"的天下奇观。

石磊整理

小青龙的故事

永靖乡村普遍供奉龙王，对龙的崇拜来自古人对于水的自然崇拜。古人的生活在很大程度上依赖于自然界，雨情对采集经济、狩猎经济或农业经济都有重大影响，特别是十年九旱的永靖，自古以农业经济为主，对雨情带来的喜和忧感受更深。久旱不雨，人们就去找龙王求雨。所以，龙在百姓心中是被当作水神、雨神看待的。

民谚云："东海龙王行走时，雷公电母打雷闪电，闪电闪出了锁脚龙王、东海龙王、南海龙王、西海龙王、北海龙王、河池龙王……""龙王爷头戴的金银冠，身穿红袍（者）显威灵，腰系一条花绫带，脚穿乌皮的登云靴；龙王爷手拿了金银剑，骑上了黑龙马下会坛；龙王爷红石宝山显威灵，龙王爷掌了风雨救万民。"

民间还有二月二，龙抬头，大仓满，小仓流之说。把二月初二定为"青龙节"，还有一段传说哩。

武则天在夺取李唐江山后，改国号为周，自封为武周皇帝，当了中国历史上唯一的女皇帝，并给自己造了一个字——曌。玉皇大帝听说后很生气，命太白金星传谕四海龙王，三年内不准给人间降雨，以示惩罚。这一年滴雨未下，百姓们眼看着生路就要断绝，不禁失声痛哭，祈求龙王降雨，但众龙王谁也不敢违抗玉帝旨意。小青龙再也忍不住了，它腾身跃起，普降甘霖。玉帝闻讯大怒，命人把它压在一座大山下，山上立碑写道："青龙降雨犯天规，当受世间苦难罪。若欲重返九重阁，金豆开花方可归。"

天下百姓才知道是青龙舍身救了他们。

为了救青龙，人们千方百计找金豆，但怎么也找不到。转眼到了二月初一这天，一个老奶奶背着玉米去集市上卖，一不小心，玉米撒了一地，她和周围的人看着金色的玉米眼前一亮：这不就是金豆吗？炒炒不就开花了吗？这样，一传十，十传百，很快传遍了整个民间。第二天，家家炒玉米并到处扔撒。关押青龙的天将看到后，误以为金豆真开了花，就禀报玉帝。玉帝无奈，只好下旨放了小青龙。

从此，每逢二月二，民间就要炒玉米与各种豆子助龙翻身，有些地方还请法师打醮。

石磊整理

乾隆藏身洞

抱龙山"龙身"的中段，有一孔不寻常的石洞，掩隐在树林之中，非常神隐，不注意是看不到的，当地百姓都叫它"乾隆藏身洞"。

传说清朝年间，西北有些地方还不安宁，乾隆为此微服私访，不幸被匪发现。他慌逃途中，跑进了此山，在这孔石洞里躲了七天七夜，避过了追杀。临别时，乾隆感慨万千，给常青观道长赠送五花宝瓶一对（现存），寓意平平安安，并给山赐名为"太平山"。

过后人们纷纷议论，说得神乎其神，有的说那几天晚上，远远就能看见山顶冒着金光，原来是真龙天子在此的缘故；有的说是山神爷保佑了皇上；还有的说是抱龙山有个镇山之宝——金蛤蟆，守住了山口，消灭了贼寇。

唐国珍整理

老君洞

老君洞位于炳灵寺大寺沟口的悬崖上，距地面高约 60 米，是一孔人工开凿的大型石窟。当地民间有句古谚："先有老君洞，后有炳灵寺。"由此可见，老君洞历史悠久。

老君洞是一个方形半中心柱窟，穹隆顶，高 5.8 米、宽 7.8 米、深 2.8 米。所谓半中心柱窟，就是在正面窟壁正中突出一定的方柱状的厚度，其形如中心柱，但又与正壁相连。这种窟的形制和敦煌莫高窟北魏早期的第 259 窟大体相同。窟的正壁两侧各开出二层佛台，现存有近代造像三尊，左右壁（南壁和北壁）壁面平直，其上施垩作画，没有开龛造像的痕迹。窟内周壁有台基，高 1.7 米。窟门宽大，高 4.5 米、宽 4.3 米、深 0.4 米，略小于窟，类似敞口大龛。

老君洞正壁的中心柱上现存老君坐像一尊，高浮雕，高 1.77

米，束锥状发髻，面部宽平，有胡须。着交领长袍，腰束带，左手持乾坤盘，右手饰物毁。通身模仿佛教雕像而成，唯服饰、发饰及胡须显示了道教造像的特征。据考证，它和国内现存其他几尊唐代老君像大体相同。两侧佛台上还有近代泥塑道教神像、骑狮菩萨和四臂观音等三尊造像。

老君洞南壁遗存有一方清光绪十六年（1890）的重修墨记，很有价值，墨书云：

> 创自先代，盛唐之时如为炳灵观。监察御史李巡视
> 至此，题碑第一奇观。天宝黄河绝冰，河郡守将巡至此，
> 宫殿渐坏，玩景生情，重修。厥后大明备兴，道微尽改
> 为寺，惟留万化、老君宫殿，龄碣残碑，古迹犹存。

北宋时期，老君洞有道士10余人。清光绪年间，从湖北来了一位姓刘的道人，他仙风道骨，坐如钟、行如风、站如松，能文能武，手中常握一把拂尘，当地百姓俗称湖北刘。

湖北刘医术高明，药到病除，百姓们经常向他求医问药，人们亲切地称他为仙长。每逢旱灾，百姓们还请他求雨。湖北刘便在祭祀的牌板上书写："读好书，想好人，说好话，做好事，做好人。"有人问："何时降雨？"他道："人能做到这些好，老天爷即降雨……"

湖北刘还有几大怪：冬天穿单袍，夏天穿棉袄；武艺高强，剑法很好，冬练三九，夏练三伏。他出门时常背一挎包，上书："越人说越人骂越说越骂功夫大；越人说越人骂越说越骂装哑巴。"

湖北刘传播道教，但与炳灵下寺活佛云太爷关系很好，常来常往，亲如一家。他俩谈古论今，交流释道，时常说到深夜，同

炕睡觉。

湖北刘活了108岁，据说在马家庙坐化后三日，仍红光满面，人们叹为观止，传为佳话。祭奠时，国民党永靖县县长、莲花城校长等当地名流都去悼念。

清末庠生张建《过老君洞》诗云：

过老君洞时，道人携石羊俟于崖巅，路险未上。

我昔闻人言，浮生本若梦。

未有炳灵崖，先有老君洞。

道人抚石羊，倚崖作目送。

磴道仄且高，沙石相抟弄。

我欲贾勇行，诚恐请入瓮。

羽客倘工诗，定然多讥讽。

那知尔与吾，交臂失龙凤。

常言道：无限风光在险峰。你如果登上老君洞，眺望黄河，就会发现滔滔黄河竟然在此画出了一个"S"形的太极图，形成了一幅天然的老君观太极图。

传说中老君洞因风景旖旎、人杰地灵而吸引了各路神仙的光顾。因此太上老君在畅游天下名山大川时登上了老君洞，他被这里独特的地形地貌所吸引，并赞叹于它的安静雅致。于是，他在老君洞安置炼丹家什，经过八百多年的精心炼制，一颗长生不老仙丹终于出炉。这仙丹被太上老君藏于山洞内，炳灵寺所在地界因这颗仙丹的存在而更显得山清水秀、鸟语花香，被人们称为花果山、水帘洞。

石磊整理

自然飞来佛

炳灵寺有上下寺之分。下寺为主要的石窟群，沿大寺沟朝东北走 2.5 千米即到炳灵寺上寺，这里林木葱茏，四面环山，有宝塔山、净瓶山、珠宝山、大象山等奇山怪峰，风景宜人。

炳灵寺上寺是善男信女烧香拜佛的场所，因一尊自然飞来佛——绿度母而闻名于世。绿度母亦称卓玛佛，卓玛系藏语仙女之谓，而度母乃是观世音菩萨的化身；在西藏民间，绿度母又被藏族人民尊为文成公主的化身。她如何飞到炳灵寺上寺，乾隆四十二年（1777）炳灵寺上寺住持杨法台撰写的《佛姥出世源流本纪》中记载着一段神奇的故事。

很早以前，炳灵寺上寺非常偏僻，还没有人烟，漫山遍野只有花果树木、飞禽走兽。在岩窟里，只有一位老僧与徒弟坐禅修行，已经好多年了。一天早晨，徒弟给师父熬茶，平时用来滤水的竹罩突然不见了，找了半天没有找到，只好拿出一个新的竹罩使用。次日，新的竹罩又不见了，徒弟感到纳闷。当天晚上因为下了一场雪，雪地上唯有兔子到此的足迹，徒弟跟踪足迹来到一处岩洞，见怪石洞内云现五色、祥呈山岩，神光影内显出一绿度母像，像前摆放着两次丢失的竹罩。

其徒弟莫名其妙，回头赶快将其原委告知师父。老僧听后，眉开眼笑，双手合十，念念有词道："阿弥陀佛！吾趺坐日久，得此圣像，是吾功果圆满耳。"急忙起身，将此绿度母像迎请到住处供奉。

过了数月，老僧想把绿度母像迁于西宁。于是，将绿度母像放在柜中背着离开炳灵寺，行至苦水泉夜宿。谁知次日早晨发现柜中度母像不见了，找来找去，度母像竟然飞回原地，老僧如此迎请了三次，都未如愿。这天夜晚，老僧梦见嫦娥对他说："此间善男信女，赖吾救度，吾不西去。汝果诚心，白塔内有像可奉。"老僧恍然大悟，只好将绿度母放回原处——炳灵寺上寺岩洞里，后奉白塔之像以西去。

自然飞来佛神奇的消息传出后，河湟一带汉藏民族群众蜂拥而至，顶礼膜拜，香火不断，直到如今。

石磊整理

玉石佛的传说

岗沟寺始建于明成化八年（1472），是青海塔尔寺一世活佛宗喀巴的大弟子贾曹杰继承大师法位后，为弘扬黄教佛法而建的。

岗沟寺曾设有哲学院（讲经院）、喇嘛院（考经院）。两院内建有大佛殿、百子宫、大经堂、菩萨大殿和三层五华楼。大佛殿内的释迦牟尼卧佛像和大经堂内的一尊如来坐佛像均在 10 米左右，无论雕塑工艺还是体型，都为人们留下了说不完的话题。

据说，随着岗沟寺僧人一天天增加，吃水的压力也日益增大。有一天，僧侣们在巨型石窟旁找到了一口水源充足、清澈见底的泉。从此，大小僧侣甚是高兴，争相担水。

一天晚上，月光皎洁，两名小僧去抬水，他们快到泉边时，突然发现一窈窕淑女正盘坐于泉水中，专心致志地梳理着长发。二小僧急忙将泉中遇女人的事告诉了老僧。几位老僧来到泉边，在清澈的泉水中发现了一尊仰卧的玉石佛。众僧急忙跪地膜拜，而后一老僧脱下袈裟，小心地裹住玉石佛，移到 2 米外天然生成的石座上。随后，在此建了菩萨大殿，那泉便叫"药水泉"了。

何其龙 整理

尕庙台的传说

很久很久以前，"三河口"处水面比现在大得多，传说它下面有一条暗河，与东海连通。东海龙宫的一只乌龟精，在龙宫里待久了，觉得无聊，就偷偷地溜出龙宫，来到湟水河与黄河相汇的"三河口"。

俗话说，天高皇帝远。挣脱了龙王控制的乌龟精在"三河口"称王称霸，呼风唤雨，兴风作浪，给老百姓生命财产造成了很大的威胁。

怎么办呢？当地的百姓们只好求助玉皇大帝。玉皇大帝听了非常生气。

他马上召来二郎神杨戬，对他说："'三河口'处乌龟精作怪，扰得民怨沸腾,民不安生,现在派你背座山去,将乌龟精压在山下,让它永世不得翻身。"二郎神立即就背了一座山,朝三河口赶去。

二郎神背着大山,没吃没喝,走了七七四十九天,又累又饿。快到"三河口"时,一粒石子被带进了靴子里,二郎神的脚被硌得钻心疼,一个趔趄,摔倒在地。他背的那座大山也从背上摔了下来,一边落在了三河口河道,将三河口河床填起了一部分;一边落在了身边,形成尕庙台一带的小山包。"三河口"河只填了一部分,没有镇住乌龟精。二郎神只好跳入河中,与乌龟精恶战一场,降伏了乌龟精,并与它约法三章,今后不准再危害百姓。乌龟精迫于二郎神的威势,当场答应了。

二郎神走后,乌龟精安生了一段时间。但没过多久,它的劣性复发,继续在"三河口"河中作祟。为了永远镇住乌龟精,当地百姓就在河边的那座山上供奉起了二郎真君神像。有了二郎神的元神镇守,乌龟精再也不敢轻举妄动,每日蛰伏在河底。久而久之,就变成了河心的一座小岛。

现在,每当冬天枯水时节,在河心隐约可以看到露出水面的龟背。真君庙里香火旺盛,香客如流、游客不断,便有出家人来长住了。庙台的名气越来越大,人们就以庙为名,将这座山命名为"尕庙台"。

现在,尕庙台已成为黄河三峡一处有名的旅游景点。

马占鹏整理

财宝神的来历

汉使苏武到番邦，

猩猩洞里把身藏。

金钟扣死小儿童，

冤魂不散闹凡尘。

汉王封我施财神，

普天之下救众生。

据民间传说，财宝神是汉朝苏武之子苏金。苏武奉诏出使匈奴，匈奴单于威胁劝降没有成功，一怒之下，强留让他牧羊。苏武在北海生活了十九年，渴饮雪，饥吞毡，栖身在野猩猩洞中，与母猩猩发生关系，生下通人意、浑身是毛的苏金。

后来汉朝和匈奴和好，苏武回到汉朝。苏金在匈奴长大成人后寻父来到中原，苏武引着儿子拜见皇帝。因苏金浑身长毛，似人非人，相貌丑陋可怕，满朝文武大臣望而生畏，都说是魔鬼，苏金被皇帝下旨用金钟罩死。苏金蒙冤而死，冤魂不散，便刮起了一阵阵狂风，正如永靖当地财宝神里唱的："……刮得碌碡满场滚，刮得松树翻了根，刮得黄河水倒流，刮得皇宫东西里奔。"汉皇知道苏金受了冤屈，为求安宁，封苏金为财宝神，特赦他普天之下访善人，各家门上送财宝，百姓家里受香灯，各庄村里贺太平。

从此，民间逐渐形成了迎财宝神这一民俗，又因苏金为野猩猩所生，故装扮财宝神的人都反穿皮袄，露毛于外，也称老毛僧。

聂明利整理

吧咪深山收童子

金花仙姑登神位于吧咪宝山，双足踏开水晶宫神池，吧咪山从此称为福地洞天。信众根据戴和尚所说，修建了池庙，绘画了金花仙姑神像，供奉于池庙之中，焚香祷告。

金花仙姑在吧咪宝山中修身养性，拯救万民于水火。但仙驾孤身，独来独往，仍有寂寞之感。一日，仙姑孤身游山，忽遇两个牧羊孩童，便产生了渡化仙童陪伴左右的念头。于是，仙姑登山高呼："山开了没有？山开了没有？"喊得群山震动，飞鸟齐鸣。日复一日，两个牧童听得仙声震耳，通体清新，循声寻去，渐觉香气逼人。遍山追踪，仍不见人影。如此数日，牧羊孩童深感奇妙，便将此事告诉家人。家人也觉神秘莫测，便教子计策：若再听到喊声，只需如此应答：山开了。看有何反应，再作计议。

第二天，两个孩子照常进山牧羊，只听喊声渐近，话语如前。两个孩子便依据家人所言，应声回答："山开了。"说时迟，那时快，回声刚落，猛听炸雷般轰响，只见山崩地裂、地动山摇。

顷刻之间，两个孩童和所牧羊群被巨石压于山下。从此，两个牧童被仙姑收为殿前座下童子，陪伴仙姑左右。两个牧童放牧的羊群，也变成了吧咪宝山金花仙姑的神羊，即青羊。当地信众将山中青羊视为神羊，倍加保护，长期以来，从不随意猎杀。并订立有山规：如有人偷猎，轻则罚款，重则鞭笞。因此，吧咪山中青羊随处可见，为密林古刹平添一份秀美。

可惜近年，今人多有不敬，优美的自然环境常遭破坏，曾被视为"神物"的青羊，在吧咪山也已经很难见到了。

选自《吧咪山志》

接子泉

接子泉位于吧咪山东池岘玉兔岭东面斜沟沟口，其上有磨儿滩，下临洮河约3千米处。有一股清泉从石缝中渗出，一年四季流水不断，清澈见底，当地人称接子泉。据传：很早以前，人们就把这股泉视为出自吧咪"神山"的"神水"。金花仙姑即为灵感菩萨，有求必应。缺儿少女者常进山求子，在接子泉进香许愿，接饮"神水"，以寄托来年得子之心愿。久而久之，接子泉便被信众视为"神泉"，赋予许多神秘的传闻，流传至今。

其间，为集中体现金花仙姑灵验和信众求子愿望，民国二十年（1931）在吧咪山金花仙姑大殿东侧修建百子宫三间，塑三霄娘娘神像。百子宫后壁雕有假山和 108 个童子，专供信众敬香求子。信众蜂拥而至，求子者络绎不绝。生子后，有的拉羊，有的披红，怀抱婴儿，到吧咪山给三霄娘娘还愿，报答神佛保佑之恩。吧咪山山灵、水灵、神灵，求子也灵。还愿者同求子者接踵而来，香火长盛不衰。

选自《吧咪山志》

"仙姑坐石"自述

很早很早以前，我俩是沉睡在黄河岸边的两块并不起眼的花岗岩石。自从有人将我们移居兰州井儿街，立于金花仙姑宅门两侧与仙姑为伴后，才有了灵气与名分，人们称我俩为"仙姑坐石"。

记得仙姑小的时候与我们朝夕相处、形影不离。她从四岁起搓麻捻线，常坐在我俩背上，有时高兴了还把我俩当马骑。自从仙姑被父母许配人家，她坚决不从后，整天坐在我俩背上长吁短叹、闷闷不乐。有时晚间，她和我俩诉说心声，一坐就是几个时辰。久而久之，我俩的背被磨光了，浑身光洁锃亮。明永乐三年（1405），仙姑离我们西去，我俩虽倍感寂寞，但内心都很欣慰。仙姑修道成仙，她的烧火棍和线杆，都变成了四季常青的神树。我俩虽说没有大的功劳，但仙姑也没有忘记我俩。她把我俩的一半带往吧咪山，分坐山门左右，左边曰狮山，右边曰象山，便有了左狮右象把门之说。我俩的另一半仍留在井儿街原处，虽不怎么贵重，但作为仙姑遗物，仍然香火不断。从正面看，我俩中的一个像一头安然蹲卧的猛狮，头高背平；一个像仰视星空的大象，鼻端光滑。

如今几百年过去了，我俩仍不失原来的风貌。

选自《吧咪山志》

西方顶的故事

在炳灵寺峡口西傍，有一座山，名叫西方顶。它好似飞落在黄河中，山高不见顶，水分两路行；天赐分水岭，古今传奇闻。

据说一千五百多年前，京城皇帝曾经做了一个梦，梦见一个又高又大的金人飞空而来。醒来后，他请臣下替他圆梦，有一个博古通今的大臣说："西方有一神，称为'佛'，你梦见的，可能就是'佛'。"皇帝深信不疑，急忙派大臣在全国各地寻访。大臣们终于在洛阳打听到一个很有名望的高僧，名叫昙摩比。大臣宣读了皇帝的圣旨，命他到西方去取佛法。听了圣旨，昙摩比只得从命。

他沿着黄河古道走啊走，一共走了九九八十一天。这一天，太阳就要落山，忽然，从黄河中传来"救命啊，救命"的呼声。

眼看那人就要被汹涌的恶浪吞掉，说时迟，那时快，从水中冒出一块巨石，将落水之人轻轻托起，水高一尺，石高一丈，黄河只得乖乖地低下头去。一转眼，站在巨石上的那人身穿袈裟，足蹬僧鞋，金光四射。昙摩比一见，心想：这不正是佛身吗？他急忙双手合十，面朝西方。佛对昙摩比说："此处乃修身养性之地。苦行功，方能上西方；勤修戒，才能攀佛法。"言罢，巨石徐徐升高，佛灵直穿云天。昙摩比四面一看，这里果然花果遍野、云烟缭绕、水似银河、山如宫殿，真为天下世外桃源。

从此，昙摩比在这里开路修梯，建造庙宇，不畏艰险去取佛法。圆寂后，他的业绩被皇帝知道了，特此于西方顶修建了一座十一层的砖塔。塔里的骨灰和舍利，据说就是昙摩比的。

石磊整理

半个川南北山及金月亮的故事

话说孙悟空大闹天宫时，一不小心被太上老君诱进八卦炉，丹童见状，立刻盖紧炉盖，金角童子和银角童子加足火力猛烧起来，这下孙悟空肯定会化成一摊血水吧？哪承想，七七四十九天过去，大圣在八卦炉里练就了一双火眼金睛，他双脚一弹从炉中一跃而出，抬腿一脚蹬翻了太上老君的八卦炉。老君见此情景，赶忙抛出金刚琢去套八卦炉，无奈八卦炉随风变幻无形又急速飞转，老君使出浑身解数终究无力回天，只好坐上板角青牛悻悻回了兜率宫。落到人间的八卦炉瞬间变成了一座火焰山，沿途飘落的灰烬落在永靖半个川的黄河之北，变成了苍苍茫茫连绵起伏的雾宿山，尚未熄灭继续燃烧的火炭子落在半个川黄河南岸，变成了如今的红山白土头丹霞地貌。

一天，太上老君坐着板角青牛在离恨天漫游。他手搭凉棚朝四处张望，看见不远处有个酷似太极的地方，不由得暗暗吃了一惊，急忙掏出怀中的太极图查看起来，发现这个地方和他的太极图很像，简直就是一个模子刻出来的。他不禁大喜过望，心想"道可道，非常道；名可名，非常名"，这天上人间的大道，不就是一步一个脚印悟出来的吗？可这个地方隐隐郁结着一团扈气，虽然南北两山中间夹着一条黄龙，那黄龙貌似服服帖帖，实则野心勃勃，意欲昂首腾空，大有不可一世之势。太上老君蹙眉想了想，又凝神掐指算了算，急忙向积石山而去。只见那里的老百姓载歌载舞，沉浸在一片欢乐之中，原来大禹遵循水自高向低流的规律，总结出治水宜疏不宜堵的道理，带领人们疏通了几个堵塞口，当地的水患治理获得了极大的成功，大家正在庆祝这个大喜事。太上老君立在云端，望着脚下狂欢的人们，双手合十，口里念念有词。突然，天空乌云密布，雷鸣电闪，人们随即散去。于是，大禹又带着队伍出发了，他们冒雨沿黄河而行，至半个川，发现这里的水患十分严重，如果雨不停，很快就会决堤。大禹因势利导，疏通了一个又一个堰塞湖，及时避免了半个川的水灾，使这里的老百姓避免了一次重大灾害。从此，这里的老百姓安居乐业，过上了幸福安稳的生活。

不久，人们发现一个奇怪的现象，每当夜空放晴，月朗星稀时，牛鼻子峡口的河面上，总有一轮金光灿灿的圆月亮长在水里。

有好奇的水手，专等金月亮出现时，三五成群跳进水中打捞寻找，一次又一次，始终一无所获。大家不甘心，趁深夜金月亮出现时，下水在周边水域做好标记，白天从四周蜂拥摸进，进行拉网式搜索，以求有所收获，但还是没有找到金月亮的踪影。

日复一日，年复一年，这个金月亮总是不离不弃不早不晚按时出现在水里，从未改变。久而久之，人们将这里称作月亮湾，也有叫金月亮的。

有人说，那是河神龙王的女儿在对镜梳妆哩，金月亮就是小龙女闺房里的一面镜子。大家对这个解释深信不疑，尤其老爷爷老奶奶，觉得大川村的先人们能选择在这里安家，是因为这里有神灵居住，使这方山水安稳，养活了一代代在这片土地上刨食的人。于是，人们在河边建了座河神庙，庙里供着泥塑的龙王。后来旁边又添了细眉细腰的小龙女和童男童女一样招人疼爱的虾兵蟹将，再后来小龙女便手执宝镜、腾云驾雾、貌若明月，像邻家小妹一样可爱又美好。河神庙，也叫龙王庙，每当初一、十五总有人上香磕头、献供品，对着龙王喃喃诉说一些眼下的颇烦和难心事。

居住在大石头河沿的一个拦羊娃，天天在牛鼻子峡口的后山上拦羊晒太阳。这天，他发现两个操外地口音的人连续几天满山转悠，奇怪的是，他们啥也不干，好像在寻找什么。他们迎上拦羊娃，饶有兴趣地探询金月亮的事，尤其是对金月亮在水中的位置特别感兴趣。拦羊娃见有人问，很得意，遂将自己知道的有关金月亮的故事和盘托出。临走时，两个外地人塞给拦羊娃一包洋糖。

连续几天，都是这样。拦羊娃回家，兴冲冲地向大人炫耀手里的洋糖，讲述自己的奇遇。家长生疑，随拦羊娃去放羊，两个外地人看见家长，解释说，两人正在给爹娘找坟地，他们的爹正躺在炕上放命哩，娘也将不久于世，看这情况，肯定是回不了老家，还是在这里入土为安吧。家长扬扬手，说，"我们这里山大沟深，四处是风水宝地，你们随便挑选吧。"两人连连称是，随即道谢离去。

不知过了多长时间，人们忽然觉得什么地方出了问题。什么问题呢？一时说不出来，但肯定是哪个地方不对了。有人抬头望了一会儿天，又低头看了一会儿水，猛地一拍脑门，惊呼："对了，我们的金月亮呢？"哦，是的，月亮湾的金月亮呢？原来水里闪闪发光的月亮已经消失好长时间了。于是，人们从月初开始在河边等，一直等到月末，可水里的金月亮始终没有出现。

人们踏遍南岸的犀牛背、香炉山、笔架山、罗家洞，乃至找遍了整片红山白土头，金月亮却消失得无影无踪，不再像原来一样按时出现在牛鼻子峡口的水面中。真是奇了怪了，难道金月亮自己长翅膀飞了不成？

有一天，拦羊娃气喘吁吁跑来报信："不好了，不好了，大象山里死人啦。"大象山是雾宿山西段的余脉，隔河和牛鼻子峡相向而立。原来，大象山的最高峰有一个山洞，洞口的草棚里躺着一具尸体，散发着刺鼻的尸臭味。拦羊娃的家长认出是那个找坟地的人，另一个人不知去向。山洞不是很深，里面丢着几把镢头、铁锨、铁锤和钻子，还有一块布满铁锈红的大石头，石头上凿了一个很大的坑，石坑周围有星星点点金色的碎石子。

人们将那些碎石子捡回来，熔化冶炼，最终确定里面有一定成分的金子。人们原路去找那个山洞，可那座山峰因为泥石流而夷为平地，再也找不到那个山洞和那块大石头了。

后来，刘伯温奉命来这里斩龙脉时，便一眼看穿了这个鲜为人知的端倪，原来当年太上老君在掏太极图时，一不小心把炼丹用的护心镜落到了这里。刘伯温不敢贸然行事，特意安排了两个随从,乔装打扮一番,借他人之手毁了太上老君的护心镜。太上老君也清楚刘伯温的伎俩,但他断定,不久的将来,这里定会有三龙吐明珠,所以也就没有追究刘伯温。至于两个盗镜人,一个死在了当地,一个不知去向,个中原因,众说纷纭,莫衷一是。

古老的故事一传十十传百,寄托着人们美好的愿望。半个川不仅有红山白土头、黄河向西流的地貌特征,还具备东有赤蛇吐练、南有凤凰扑巢、西有卧牛望月、北有雾宿龙脉、中有金丝玉带的地形特点。这些独特的地形地貌和当地丰富的人文思想,时不时撩拨着人们无尽的遐思和曼妙的想象,从而产生了许多传说故事,这些故事给大家的生活增添了不少浪漫而斑斓的艺术享受,始终散发着迷人而永恒的艺术魅力。

孔令莲整理

狼口夺人

推算起来,时间大概是 1915 年,大川庄子的村民尚在河边台地的旧庄窠一带居住。

那年夏天的午后,白花花的太阳炙烤着大地,即使门洞的双扇门大敞着,也没有一丝风透进来。院里的梨树、苹果树都蔫头蔫脑纹丝不动,门口的老黄狗,舒展身子四仰八叉闭眼躺着,像下地干了一天活、又累又乏刚刚回家的样子。

酥木梨树荫下的木板上，躺着一个三岁多的尕丫头。她穿着打满补丁的土布裤子，裤腿挽到膝盖以上，露出半截细瘦的小腿，那沾满黄土的小脚指头，像两串QQ糖排列在黑黑的脚掌上。尕丫头肚子上盖着一块半新的天蓝色碎花布，随着均匀的呼吸，花布一起一伏。

突然，一声凄厉的哭叫声划破了院子的静谧和闷热，只见一匹狼轻手轻脚走到小姑娘跟前，一口叼起熟睡的尕丫头箭一般冲出门去。说时迟，那时快，一个十七八岁的少年，闻声从茅坑跑出来，夺门追了出去。

于是，青天白日下，一匹狼叼着一个尕丫头狂奔在通往泉眼沟的沙梁上，一个尕娃大声喊叫着，在后面紧追不舍。就这样，狼一直跑啊跑，尕娃在后面追啊追。

最后，精疲力竭的狼实在没有力气了，只好一张口丢下尕丫头，耷拉着脑袋一步一步挪向山沟。后面追来的尕娃双腿发软，眼前一黑，昏倒在尕丫头身旁。闻声追来的乡亲们，背着兄妹俩回了家。

少年醒来，爹紧紧抓着娃的手，心疼地问："我的瓜儿子，你为什么就死追着狼不放呢？""这狼，它别想偷走我妹妹。"哥哥软绵绵地回答。

这个故事，至今还流传在半个川。

孔令莲整理

哥哥和弟弟

很久以前，有一家四口人，爹娘和兄弟两个。哥哥为人刻薄、自私自利，弟弟善良老实。

爹娘刚死，哥哥怕被年幼的弟弟拖累，吵着要分家。弟弟见哥哥一心要分家，就答应了。两间屋子，一人一间，哥哥住瓦房，弟弟住茅屋；两亩薄田，哥哥分一亩好的，弟弟拿一亩差的；还有一头牛，怎么分呢？哥哥说："我是哥哥，抓牛头上的角，你是弟弟，抓牛屁股上的尾巴，牛跟哪个走，牛就归哪个。"弟弟说："好吧，听哥哥的。"

开始分牛了，两个人遵守商量好的规矩各抓各的。刚抓好，牛朝前走，弟弟手一滑，没抓住，只在牛尾巴捋了一下。牛跟着哥哥走了，弟弟只捋到一只牛虱子。

弟弟把牛虱子当宝贝，装在罐子里养着，牛虱子越养越大。一天，弟弟到邻居家里玩，带着宝贝罐子。人家问他罐子里装的是啥东西？他刚打开罐子，牛虱子朝外一跳，恰巧，有只大公鸡跑过来，一口把牛虱子吃了。弟弟见状，大哭起来了。乡邻说："不哭，不哭！我把大公鸡赔给你，好不好？"弟弟不哭了，把大公鸡抱回家。他给鸡搭了个棚，当宝贝养起来。

大公鸡越养越大。一天，弟弟抱着大公鸡去别人家串门。人家说，公鸡为啥抱在怀里呢，应该让鸡在地上跑才好呢。他把公鸡放在地上，刚松手，别人家养的一只大黄狗跑过来，一口把大公鸡咬死了。弟弟坐在地上，伤心地大哭起来。邻居好不容易安慰好了弟弟，又把大黄狗赔给弟弟。弟弟牵着大黄狗回家，给大黄狗建造了个狗窝。他又把大黄狗当宝贝养起来。

　　大黄狗越养越大。那年，到春耕季节了，家家户户都赶着牛去耕田。弟弟没有牛，无法耕田种地，急得哭起来。忽然，大黄狗开口说："我会耕田，我会耕田！"弟弟瞪大眼睛，好奇地问："真的吗？"大黄狗说："只要让我吃得饱饱的就成。你明早烧一锅饭，做成一个个饭团，摆在田头，我耕一趟回来吃一个，就有力气耕田了。"弟弟不哭了。第二天，他便做了许许多多饭团，摆在田埂上，让大黄狗耕田时吃。不到一天，弟弟的田耕完了。

　　哥哥看见弟弟用大黄狗耕田，眼红了，便来向弟弟借大黄狗。弟弟二话不说，把大黄狗借给了哥哥，一再嘱咐，要让大黄狗吃得饱饱的，才好耕田。谁知道哥哥是个小气鬼，不肯做饭给大黄狗吃，只是让大黄狗替他耕田。大黄狗没有吃饱，耕不动田，他就狠命地打大黄狗，把大黄狗活活打死了。

　　弟弟见哥哥不来还狗，上门一问，哥哥说，大黄狗被打死了，还怪弟弟骗人，大黄狗不会耕田，倒白给它吃了一顿饭。弟弟听了很伤心，回去把大黄狗埋在自家田里，坐在狗坟旁边哭。哭呀哭呀，哭得很伤心，泪水打湿了坟土。第二天，坟堆上长出了一棵黄豆苗。黄豆苗长呀长呀，开花了，结果了。弟弟跑去一看，只结了一个豆荚，剥开一看，里面只有一粒黄豆。弟弟拿回去炒熟，高兴地吃了。说来也奇怪，弟弟吃了这粒黄豆，肚子发胀，总要放屁。屁一放出来，满屋喷香。原来，弟弟放的是香屁。

　　弟弟只有一亩薄田，田里没有收成，只好出去卖香香屁。他走到街上喊："卖香香屁咯！卖香香屁咯！十个铜板闻一闻。"街上人听说屁还有香的，很好奇，纷纷拿出十个铜板，排队来闻。

一闻，真的香喷喷。你也来闻，他也来闻，一时间好不热闹。这样，弟弟靠卖香香屁，赚了好多好多钱。

哥哥听到弟弟赚了不少钱，开始眼红，便来问弟弟，怎么会有香香屁的。弟弟一五一十地告诉了哥哥。哥哥听了，心想：这有啥稀奇，我也会哭的。第二年，他也坐在狗坟旁边哭，把坟上的土哭湿了，长出了黄豆苗，也结了一个豆荚，里面也结了一粒黄豆。哥哥赶紧拿到家里炒熟吃下肚，马上跑到街上大喊大叫："卖香香屁咯！卖香香屁咯！"大家听到喊声，都来问："多少钱闻一闻？"哥哥说："二十个铜板闻闻。"街上人说："啊唷，隔了一年，就涨了一倍！好吧，二十就二十。"哥哥把手一伸，说："先付钱，再闻香香屁。"人家把钱给了他，让他放屁。哥哥"噗"一声放了一个屁。没想到，他放出来的屁比大粪还臭。给钱的人火了，要打他。哥哥连忙告饶，说："这次不算，重放一个就香了。"他又重放了一个，这个屁呀，比前一个还要臭。大家围起来要打哥哥，哥哥心生一计，急忙说："你们闭上眼睛，我的屁就会像鞭炮一样响起来，叫响响屁。"见大家闭了眼睛，他把右手伸进左胳肢窝，张开虎口，按到腋窝里，随着左胳膊一张一合，一串一串的"屁"就响了起来。

大家睁开眼一看，原来哥哥作假糊弄人，围上来把哥哥胖揍了一顿。哥哥回到家里，头也破了，手也肿了，脚也崴了，身上被打得青一块、紫一块的。

吃了这次苦头，哥哥下决心不再骗人骗钱，改掉好吃懒做、爱占小便宜的毛病。

从此，哥哥和弟弟一起下地干活，二人过上了幸福的日子。

孔令莲整理

不孝子的心赛石头

从前，半个川一带的庄子里，有个阿爷和阿奶，共生了五个儿子和两个姑娘。

日月如梭，光阴似箭，子女们都长大了。儿子娶妻生子，姑娘嫁为人妇。大家的小日子都过得红红火火。

不几年，阿爷得病去世，剩了阿奶一个人。小儿子见阿娘身体一日不如一日，还经常生病，私下给媳妇发牢骚："阿娘是大家的阿娘，又不是我一个人的阿娘，凭什么要我一个人养？"媳妇一听，拍着大腿面子说："就说的，这垢痂还长成肉了。"

从此，儿媳妇不是嫌婆婆不干活，就是嫌她吃得多。儿子呢，十天半月不和阿奶说一句话，总是气哼哼的。如此过了几年，阿奶倒在炕上，一病不起。见此情景，小儿子召集四个哥哥，经过大家商量决定：阿奶到五个儿子家吃轮饭，一家管一个月。

一天，太阳暖和。阿奶端着一碗豆面撒饭，倚在三儿子家的大门口，刚要张口吃饭，迎门走来一个衣衫褴褛、双手长满脓疮的老道士。道士双唇干裂，又累又乏，几天没吃饭的样子。他看见阿奶，没来得及开口说话，就两腿发软，"扑通"一声倒在了阿奶脚下。阿奶急忙舀来一瓢水，送到道士口中。道士慢慢睁眼，歪头望着那碗饭，"咕咚咕咚"直咽口水。就在阿奶一勺一勺喂道士的时候，三儿媳妇"哐当"从里面插上了大门，道士明白了一切。阿奶却宽慰道："善人，你放心吃，我能挨到吃晚饭。"

喝了水、吃了饭，道士来了精神。临走时，道士从褡裢掏出一个沉甸甸的脏布袋，塞到阿奶怀里，一再大声嘱咐道："这袋子里是无价之宝，但一刻不能离身。"这话正好被门里面的儿媳妇偷听到。她立刻开门把阿奶让到堂屋炕上，一天三顿好吃好喝地供养起来。

其他儿子听说后，想尽一切办法要打开袋子看看，可阿奶死死抱着不离身，也不解释，只一句话："谁要坏了规矩，我就抱着布袋袋跳河。"一听这话，再没人敢打布袋的主意。从此，谁家只要有好吃的，都要送到阿奶炕头。

几年后，阿奶咽了气。五个儿子打开布袋一看，傻眼了：里面装着一堆光溜溜的水石头。

从此，半个川开始流传这么一句话：父母的心在儿女身上，儿女的心在石头上。

彭小菊整理

孟姜女哭长城

秦朝时，有个姓孟的老汉善种葫芦。这一年他种的葫芦长得非常茂盛，其中一棵竟伸到了邻居姜家院里。平日，孟、姜两家相处得融洽和睦，看到这情景，便约定：结了葫芦一家一半。

到了秋天，果然结了一个大葫芦，孟、姜两家非常高兴，摘下葫芦准备分享。忽听葫芦里传出小孩的哭声，大家很奇怪，小心翼翼切开葫芦：老天爷啊，一个小姑娘端坐在葫芦中，红红的脸蛋，圆嘟嘟的小嘴，特别惹人喜爱。姜家老婆婆一看，喜欢得不得了，一把抱起来说："这是上天送给我的活宝贝呢！"孟老汉两口子膝下无儿无女，也很想要这个姑娘，两家争执起来，一时不可开交。最后，只得请村里的长者来断这桩公案。长者对两家情况了如指掌，便说："你们两家已约定葫芦一家一半，那么这葫芦里的孩子两家一起养吧。"于是小姑娘便成了孟、姜两家的掌上明珠。因孟老汉无儿无女，小姑娘便住在孟家，取名孟姜女。

斗转星移，日月如梭，孟姜女一天天长大。她心灵手巧、聪明伶俐、美丽动人，织起布来比织女，唱起歌来赛黄莺，孟、姜两家爱如珍宝。

这一天，孟姜女做完针线活，去后花园散心。池中荷花盛开，一对大蝴蝶落在翠绿的荷叶上，吸引了她的视线。她轻手轻脚地走过去，用扇一扑，不想用力过猛，扇子不小心掉进水中。孟姜女挽起衣袖，伸出嫩白的手腕探手去捞，忽听背后有人咳嗽，回头一看，原来是一个年轻公子立在树下，他满面风尘、精神疲惫。孟姜女和丫鬟刚要喊人，年轻人鞠躬施礼哀求道："小姐，别喊，我是逃难的，不是坏人！"于是，孟姜女找来父母。孟老汉见年轻人私闯后花园，非常生气，厉声问道："你是什么人？竟敢进我家花园？"年轻人连连请罪，诉说了原委。

原来这个年轻人名叫范喜良，自幼读书，满腹文章。不想秦始皇修筑长城到处抓壮丁，三丁抽一，五丁抽二，黎民百姓怨声载道。范喜良为躲避抓壮丁，便乔装打扮逃了出来。刚才因饥渴难耐，刚到园中乘凉歇息，不想惊动了孟姜女和丫鬟。范喜良一边解释一边告罪。

孟姜女见范喜良知书达理、忠厚老实，便芳心暗许。孟老汉对范喜良也很同情，就留他住了下来。一段时间过去，孟姜女向爹爹言明心意，孟老汉非常赞成，来到前厅对范喜良道："你到处流浪，也无定处，我想招你为婿，你意如何？"范喜良立身道："我乃逃亡之人，只怕日后连累小姐和家人，婚姻之事万不敢想。"怎奈孟姜女心意已决，非喜良不嫁，范喜良见孟姜女一片真心，就满口答应。孟老汉乐得合不拢嘴，急忙和姜家商议挑选吉日，给他们完婚。

庄子上有个无赖，整天无所事事，喜欢拈花惹草，曾多次上孟家提亲，孟老汉坚辞不允，他便怀恨在心。如今听说范喜良之事，立刻去官府告密，带着官兵来抓人。

孟姜女和范喜良新婚刚三天，一家人还沉浸在喜悦之中。忽然大门被撞开，一群官兵冲进来，不由分说将范喜良带走。

自此，孟姜女日夜思念夫君范喜良，茶不思，饭不想，忧伤不已。转眼冬天来了，大雪纷纷，孟姜女想：丈夫修长城天寒地冻，无衣御寒，便日夜赶着缝制棉衣。做好棉衣，孟姜女就上路了。一路上，她跋山涉水，风餐露宿，不知饥渴，不知劳累，昼夜不停地往前赶，这一日终于来到了长城脚下。谁知修长城的壮丁告诉孟姜女，范喜良已经死了，尸骨填进了城墙里。听到这个消息，孟姜女只觉得天昏地暗，一下子昏倒在地。醒来后，她放声大哭，直哭得天愁地惨，日月无光。不知哭了多久，忽听得天摇地动一声巨响，长城崩塌了几十里，露出了数不清的尸骨。孟姜女咬破手指，将血滴在一具具尸骨上，她心里明白：如果是丈夫的尸骨，血就会渗进骨头；如果不是，血就会流向四方。就这样，孟姜女找到了范喜良的尸骨。

孟姜女哭倒长城的事，惊动了官兵，官兵上报秦始皇。秦始皇大怒，下令把孟姜女抓来。秦始皇见她生得貌美如花，不觉怦然心动，欲封她为正宫娘娘。孟姜女却说："要我做你的正宫娘娘，得先依我三件事：一要造长桥一座，十里长，十里阔；二要十里方山造坟墩；三要陛下披麻戴孝到我丈夫坟前亲自祭奠。"秦始皇一一应允。

不几日，长桥和坟墩全都修好，秦始皇身穿麻衣，摆驾起行，过长城上长桥，过了长桥来到坟前祭奠。祭罢，秦始皇要孟姜女随他回宫。孟姜女冷笑一声，骂道："你昏庸残暴，不顾天下黎民的死活，如今又害死我夫，我岂能做你的正宫娘娘？真是痴心妄想！"说完，抱着丈夫的遗骨，纵身一跃跳入了波涛汹涌的大海。秦始皇一见急了，连声道："快，快，赶快给我下海打捞。"可打捞的人刚一下海，就掀起了滔天巨浪。打捞的人见势不妙，急忙上船。

这大浪怎么来得这么巧呢？原来，龙王爷同情孟姜女，一见她跳海，赶紧把她接到龙宫。随后，他命令虾兵蟹将掀起狂风巨浪。幸亏秦始皇一行逃得及时，不然早就被卷到大海里去了。

据说，后人踏上长城，若闭眼屏息静听，有时会听到女人幽怨的哭诉声，那是孟姜女在念叨丈夫范喜良呢。

彭小菊整理

女娲补天石

华夏民族的始母神女娲，用河水与黄土和成了黄泥，照着自己的样子捏出了一个个女人，又照着盘古的样子捏出了一个个的男人。她在这些泥人身上一口口地吹气，这些人就活了起来。女娲感觉太慢，又用柳枝蘸泥水，甩出泥点，变成人类。人类繁衍起来后，水神共工和火神祝融忽然打起仗来，他们从天上一直打到地上，闹得到处不宁。结果祝融打胜了，但败了的共工不服，一怒之下，把头撞向不周山。不周山崩裂了，支撑天地之间的大柱折断了，天倒下了半边，出现了一个大窟窿，地也陷成一道道大裂纹，山林烧起了大火，洪水从地底下喷涌出来，龙蛇猛兽也出来吞食人民。人类面临着空前大灾难。

女娲目睹人类遭到如此奇祸，感到无比痛苦，于是决心补天，以终止这场灾难。女娲选好 36501 块五色石子，又斩下一只大龟的四脚，当作四根柱子把倒塌的半边天支起来，然后用五色石子将残缺的天窟窿补好。结果还剩了一块五色石子，女娲将这颗石子随手一扔，它落到了黄河岸边的太极川。就成了如今黄河岸边太极川上的女娲补天图。这块女娲补天图出神入化，惟妙惟肖。

女娲终于补好了天，天地间恢复了宁静，还出现了五彩云霞。人民重新过上了安乐的生活。因为天是向西北倾斜的，永靖流域的黄河水也向西流去。这块女娲补天石也被永靖石头爱好者珍藏着。

何其龙整理

瓜女婿中状元

　　从前有个人，大家都叫他瓜女婿。有一天，他听近邻有位书生准备去考状元，他也想去考。亲戚邻居听到后觉得很可笑，纷纷议论："一个瓜子，斗大的字不识一个，还想去考状元，真是天大的笑话！"可他的媳妇却不阻挡，还跟人说："考状元咱们不盼，让他去见见世面也好。"媳妇就给男人收拾好行李，把男人送到村口说："你没出过远门，我给你捏了个面人，你装在袖筒里，若要是遇上困难，你摸一摸面人，就像我在你跟前一样。"瓜女婿带着媳妇的话和面人上路了。

　　瓜女婿和近邻的那位书生路过一条枯河时，瓜女婿见河床的淤泥卷起来了，便问书生："兄弟，你看那是什么？"书生说："那是日晒胶泥卷。"他们走到一片柳树林旁，风刮得树叶直响，瓜女婿又问："兄弟，这咋讲？"书生说："风吹柳叶片。"就这样，一路上，瓜女婿见啥问啥，两人不知不觉走到了京城。

　　到了京城，瓜女婿和书生看见很多人围在一起，他俩挤进去一看，原来大家在看皇榜。瓜女婿问："这是啥？"书生说："这是皇上贴出考状元的榜文。"瓜女婿一听"状元"两个字，急忙上前一步把榜文撕了下来，并对书生说："兄弟，给我念念上面说的啥？"

　　书生一看，吓坏了，丢了句"你犯下大罪了"的话后，像一阵风一样跑了。瓜女婿一边卷皇榜，一边嘟囔着："你不给我念，我拿回去让我媳妇去念。"这时两个看守榜文的差官过来，把瓜女婿带到了考官府。主考官问他："你是干什么的？"瓜女婿答："我是考状元的。"又问："你姓甚名谁？"瓜女婿心想：我咋忘了我叫个啥？便往袖筒里摸，一碰面人儿，他想起来了，媳妇常叫他瓜女婿，于是回答说："我姓瓜，名叫女婿。"考官一愣，想了想，自言自语道："皇上称寡人，他和皇上一个姓，自然来头不小呀！"主考官认为他有胆揭皇榜，想必他才学过人，便有心先考考他，于是问道："你所读文章是哪一卷？"瓜女婿回答："日晒胶泥卷。"主考官想：哪有这个卷？嗯，可能是新卷，我没有读过呀！主考官又问："你都阅读了哪些篇？"瓜女婿答："风吹柳叶片。"考官暗想：哎呀，这又是啥新学问？他读的书还真不少。紧接着问："你说啥出世最早？"瓜女婿答不上，赶快往袖筒里摸面人，他一着急把面人给捏扁了，顺口说："面扁头出世最早。"主考官一听，心想：面扁头是个啥？嗯，他读的书多，我要是追问下去，显得我没有文化，不如点头承认面扁头出世最早吧。

瓜女婿在京城游逛了三天，给媳妇买了些东西，准备回家时，一伙吹吹打打的差官，到了旅店前，店小二一见瓜女婿，扑通跪倒说："给老爷贺喜，老爷已考中了状元！"正说着，差官们进来一齐跪地道："请老爷更衣上轿。"

新状元夸官三天后，一般要亲手写请帖宴请文武官员，这下难住了瓜女婿。正在瓜女婿一筹莫展时，突然发现一只苍蝇爬到砚台里，又飞到纸上，结果纸上出现了许多墨迹。瓜女婿灵机一动，他把苍蝇一抓，往墨里一蘸，放在纸上，再用吃过饭的碗扣上。一会儿纸上出现了各式各样的花纹，他用这种办法"写"好了请帖，便叫来差官，命他们全部送出。差官拿过来一看，很好看，但一个字也不认识，又不敢问，就填上日期，盖上印，逐一送到文武官员手里。文武官员接到新状元的请帖很高兴，打开一看，一个字也不认识。

后来，文武官员互相见了面，怕丢底，谁也不谈及请帖上的内容，都说新状元的请帖写得很好看。

何其龙整理

金蛙儿子的传说

很久很久以前，在富饶美丽的河湟地带有一个安静祥和的小村子，村子里住着一对善良的老人，他们一生行善，邻里和睦，不争不吵，无欲无求，唯一的遗憾就是膝下无一子女。

有一天，老奶奶的右手大拇指莫名其妙地肿胀起来，随后，就开始疼痛难忍，这种疼痛一直持续到第二天早上，还是没有减轻。无奈，老奶奶只好让老头子拿刀子把手指划破，将里面的脓水放出来。随着手指慢慢划开，一只金色的像一节小拇指头般大的小青蛙猛地跳了出来，这青蛙见风就长，一会儿就长得像成人拳头一般大。最令人惊奇的是，这只青蛙竟然还会开口说话，只听它粗着嗓子说了一句："爹——娘——我来了。"

面对这个突然出现的金色小青蛙儿子，最先缓过神来的老爷爷顿时惊喜交加。惊的是，居然从老婆子的拇指里跳出了一只金色的小青蛙；喜的是这只金色的小青蛙还会开口叫爹。谢谢老天啊！终于让我晚年得子。他乐呵呵地把惊呆的老婆子拉回现实，忙着下厨好好庆祝了一番。

第二天，老爷子准备去耕地，金蛙儿子软磨硬泡也要一起下地去帮忙。老爷子说："我的儿啊，耕地那可是重体力活，爹知道你孝顺，但是你看，就你这个样子，怎么扶犁？怎么使唤牲口呢？"

"爹，这个你不要担心，你只管把我放到犁杠上就行。"金蛙儿子拍着胸脯说。

无奈，老爷子只得将这个天上掉下来的儿子揣进衣兜，扛起犁杠，赶着牲口下地了。到了地边，架好犁杠，老爷子拗不过金蛙儿子，只好将它放到了犁杠上。

神奇的是，只见小金蛙平稳地站在犁杠上，两头犟驴意外地听话乖巧。没有大声吆喝，没有鞭子抽打，它们全身紧绷，同时竖着耳朵往前一倾，不偏不倚地拉着犁杠齐步并进。犁铧深深地插进地里，随着翻向两旁的泥土，一条条蓬松的犁沟直直地伸向对面地头。不到一盏茶的工夫，一块平整且散发着新鲜泥土气息的土地出现在了眼前，地头柳树下歇凉的老爷爷一脸惬意。

当老奶奶送茶水到地边时，看到眼前的一幕，顿时喜上眉梢，双眼笑得像两弯新月，陶醉了周围的万物。

这天下午，老爷爷准备去驮水，金蛙死活要自己赶着毛驴去。这时候，老爷爷再次犯难了。他指着驮在驴背上的水桶说："孩子，你这么小，怎么能把水灌进这么高的水桶呢？"

金蛙笑道："爹，这个你不要担心。你先把我放进驴耳朵，然后在家等着就好了。"

老爷爷只好苦笑着将小金蛙放进驴耳朵，看着毛驴驮着水桶走出家门。然后，不放心的老爷爷就远远跟着，看它们直直向水车走去。到了水车旁，老爷爷看见他家的那头犟驴竟像一个乖巧的小媳妇，听话、温顺。到了河边，金蛙根据水车的水流，随时转动身子，掌握平衡，灌满背上的两个水桶后又转身往家里走来。老爷爷惊喜地用手捂上嘴巴，悄悄地先一步跑回家中，把他所看见的惊奇的一幕全都告诉了老奶奶。欣喜的两个老人还没有乐够，那头难以管束的犟驴已经驮着水桶站在了屋檐下的水缸边。

就这样，两个老人度过了金蛙带给他们一个个欣喜的好日子。这天吃过晚饭，等老奶奶收拾完饭桌厨房，一家人坐在灯下闲聊时，金蛙说："娘，看你一天做家务这么累，明天我去给你们娶个媳妇回来。"

"嗨！傻孩子，爹和娘非常感谢老天让我们有了你，我们已经很知足了。也不是打击你，可是就你这个样子，谁愿意把自家的姑娘嫁给你呢？"老奶奶忧虑道。

"娘，这个你不要担心，明天你们只管把家里家外打扫干净，然后给我准备一间婚房，再准备一桌饭菜就行。"金蛙拍着胸脯微笑地说，它的眼里闪过自信。

第二天天一亮，金蛙和老爹老娘打了声招呼，又叮嘱了几句后便跳出家门。

看着金蛙跳出家门，善良的老两口将信将疑，但想起这几天以来它所做的一件件令人惊奇的事，还是开始忙起了"儿子"交代给他们的任务。

小金蛙出门后一路向西，直奔镇上张员外家。到了张员外家门口，金蛙扯着它特有的大嗓门开口大喊："张员外——张员外——十七八的大姑娘送出来。"那声音像天边的惊雷，天地变色，草木震颤。

这时，吃过早餐后正在花园漫步的张员外一听到这震耳的吼声，赶紧带着家丁跑出家门，想亲自看看到底是什么人如此胆大包天，敢在这里吼叫。可是，到了门外，张员外看遍了门前门后，除了几个偶尔路过的行人外，再也不见一个人影。恼怒的张员外疑惑地摇了摇头，正要回家。这时候，那粗犷的声音再次传了过来："张员外、张员外，把你家十七八的大姑娘给我送出来。"

这时候，张员外终于循着声音找到了这粗犷声音的发出地。门前檐柱下，一只拳头般大的金色小青蛙正瞪着鼓鼓的眼睛看着他。顿时，他哈哈大笑起来，一边笑一边抹着眼泪说道："哈哈哈，谁会把自家闺女嫁给你这样一个蛤蟆？哈哈哈，你这个臭蛤蟆还真能把人笑死。"

金蛙不但不恼怒，反而萌萌地说："张员外，你要是不把你家姑娘赶紧送出来，我就哭了。"

张员外说："呸，你就是哭瞎了眼，我也不会把我的宝贝女儿给你这个臭蛤蟆送出来。"说完转身进了家门。

金蛙一看张员外走进家门，便真的"哇哇哇"地大哭了起来。随着金蛙的哭声，它的两行眼泪像两条大渠水直接灌进张员外家，眼看着大水就要流向那一间间装饰精美的屋子，吓得张员外直喊："停、停、停，蛤蟆仙宗，有话好说，有话好说。"

金蛙立即停止哭声说道："那你赶紧把你家姑娘送出来！"

张员外又皱起眉头，嫌弃地看着金蛙说："除了我家闺女，你要什么都行，都依你，行不行？"

金蛙摇摇头，理直气壮地说："除了你家闺女，我什么都不要。"

张员外双目一瞪，斩钉截铁地大声说："不行。"闺女张梅香，那可是张员外的心头肉，掌上明珠啊。她不但长得如花似玉，性格还乖巧听话、通情达理，是十里八乡公认的贤淑典范。

金蛙诡异地一笑，说："你要是不给，我就笑了。"

"随你怎么笑吧！"张员外觉得只要不哭就行，笑应该不会有太大的威胁。

金蛙便张开大嘴哈哈哈大笑起来，随着笑声，张员外家瞬间大火冲天，在众多用人的手忙脚乱中，大火烧了绿树成荫、繁花朵朵的花园后，眼看着又要往那一排排装修精美的屋子窜去，吓得张员外不得不再次喊停。

无奈，张员外只能含着眼泪，将自己心爱的闺女送给了金蛙。看着金蛙牵着闺女，一步步走远，张员外泪眼模糊，心如刀割。

金蛙看着貌美如花、哭成泪人的新娘张梅香，它满眼含笑，美滋滋地往家走去。

半夜，从梦中惊醒的张梅香，轻轻擦去腮边泪痕，叹息了一声后转了个身。突然发现，躺在自己身边的不是那只小金蛙，而是一个眉如剑削、脸如刀割、鼻梁高挺、嘴唇棱角分明的美男子。她不禁喜上眉梢，一股幸福感油然而生，一脸娇羞的张梅香轻轻将头埋进男子厚实的胸膛，因为她梦中的美男子真真实实躺在身边。可是，天亮后，当张梅香醒来惊喜地看向身边时，却发现躺在身边的还是那只金色的小青蛙。而且，一连几个晚上都发生了同样的情景。

一天晚饭后，老奶奶发现梅香神色不宁，经再三追问，梅香才说出这几天夜里发生的一切。看着贤惠善良的媳妇忧虑的眼神，老奶奶说："孩子，今晚你不要睡着，偷偷看看到底是怎么一回事。"

等到夜深人静，假装熟睡的梅香发现，躺下的小青蛙轻轻起身，脱去青蛙皮，那个英俊潇洒的美男子又躺在了她身边。快天亮时，他又轻轻起来，穿上青蛙皮，变成了一只金色的小青蛙。

吃完早餐，趁老爷爷和小青蛙去下地干活时，梅香赶紧把看到的一切告诉了老奶奶。通过这几天的生活，梅香感觉老奶奶和老爷爷是真心拿她当亲闺女看待，但丈夫金蛙使她有点儿迷茫。不过梅香还是认命了，她死心塌地将自己当成了家中一员，孝敬老人，勤俭持家。

老奶奶听梅香说完，惊喜地张大了嘴巴，她对梅香说："孩子，你有福了！今天晚上，等他脱下青蛙皮后，你想办法把那皮子藏起来，不就能天天和你同吃同喝了？"梅香赶紧低下头，不知不觉间，嘴角上翘，一抹娇羞悄悄爬上了她的脸颊。

又到夜深人静的时候，金蛙悄悄起来脱下青蛙皮，放到枕边，躺下后很快熟睡。梅香轻轻爬了起来，拿起青蛙皮，走出房门，悄悄塞进了炕洞。

天快亮时，找不到青蛙皮的金蛙正焦急万分。这时候，梅香睁着含情脉脉的大眼睛柔柔地问道："夫君，你在找什么呢？"这时候，轮到金蛙惊呆了，他结结巴巴地问道："娘、娘子，你都、都知道了？"

"嗯！"刹那，一抹红晕从梅香的耳根漫上了脸颊。她满眼幸福、温柔地看着金蛙说："夫君，你不要再回到原来的样子了，就这样，我们好好生活好不好？"

金蛙轻轻扶着梅香瘦弱的双肩，凝视着她满含深情的双眼，想着她的温良贤惠，坚定地点了点头。其实，他之所以一到白天就变成青蛙的样子，是为了试探梅香，看她会不会嫌弃贫穷而年老的爹娘和长相没有人样的自己。可是，通过这一段时间的共同生活，梅香对爹娘的恭敬孝顺，持家的勤俭，对他这个青蛙丈夫的悉心呵护，已经深深感动了他。他对梅香说，其实他是青蛙王国的王子，一次偶然的机会，不小心被无良商人逮住，准备拿去街上贩卖，是这两个善良的老人拿自己仅有的一点儿钱将它买下，并放他回家的。为了报恩，他征得父王母后的同意，跑来给老人当儿子。

梅香听了，深受感动。她也发誓，这辈子，一定要和金蛙一起照顾好两个老人。

当金蛙牵着梅香走出屋子时，老爷爷和老奶奶正站在屋门口，欣喜地看着他们。

从此，一家人幸福快乐地生活在了一起。

刘明霞整理

鹦哥的传说

话说大宋年间，有一座仙果山，山前有一棵沙柳树，树上有两个老黄莺垒窝生养了三个孩子，长子叫八哥，次子叫野鸽子，三子叫鹦哥。八哥和鹦哥一生下来就会说人话，只是鹦哥说得更加入耳中听。唯有那野鸽子不会说话，原来它本是世间的糊涂虫转世。两个老黄莺每日打食汲水，喂养三个孩子长大。

这一天，和往常一样，已经长大的八哥和野鸽子随同父亲去后山寻找食物，鹦哥在家照顾体弱多病的母亲。但是，这一天似乎非同寻常，鹦哥心中总有一种不祥的预感。果然，母子俩从天过晌午就等着父兄们回来，可是直到太阳下山仍不见踪影。鹦哥一边安慰母亲躺下休息，一边飞上自家门前最高的树枝向后山眺望。

深秋的风吹到身上感觉有点儿冷，世间万物明显萧条，枝上的树叶颤颤巍巍，似乎在用最后的一点儿气力做着临别留言。慢慢地，黑夜将整个世界揽入了怀中，望眼欲穿的鹦哥失望地回家了。从此，父兄杳无音讯，只丢下母亲和鹦哥相依为命。

据说，自从那天父子三人出去后，在后山的密林中不知不觉就失散了。最后，八哥飞到了潼关地界，整天快活于青山绿水间，将自己年老体弱的母亲抛却到了脑后；野鸽子飞到了雁门关外，在一棵梧桐树上招了亲，日子过得好不逍遥自在。

然而，母亲因为思念它们父子三人，整天以泪洗面，不吃不喝，毛色黯淡。鹦哥见状，甚是痛心，问道："娘，你想吃什么？"母亲轻轻地说："儿啊，娘想吃张家园里的梨。可是，张家园那么远，你又这么小，我们办不到啊。"鹦哥忙问："张家园有多远？""在千里之外。"鹦哥忙说："娘，那不远，我今天早去，明天早早就回来了。"母亲爱怜地说："儿啊，你这么小，又长得如此人见人爱，尤其是那些专门张网捕鸟的坏蛋，心肠狠毒，万一被他们捉了去，为娘可怎么活呀？"母亲还没说完就已泣不成声了。鹦哥忙说："娘，你放心。白天我飞入云端，晚上再藏入密林，不会让人看见的。"母亲看拗不过鹦哥，就嘱咐道："儿啊，你要记住，眼睛要时刻提防射来的暗箭，耳朵时刻听弹弓之声，到了张家园更要提防天罗地网。"鹦哥含泪告别母亲，展翅飞往张家园。

一路上，鹦哥一心只想着给母亲偷梨，它历尽千辛万苦，飞跃千山万水，终于到了张家园。直到落在那棵梨树上时，才感觉到两翅发酸，浑身无力。当它抬头环顾四周时，发现这里鲜花红果，香气扑鼻，景致非常迷人，不禁赋诗一首：

紫花红来竹叶青，
移来虚根有精神。
仙桃人用能增寿，
百花相逢富贵生。

正当鹦哥诗兴大发时，惊动了一个人，那就是张家少爷，因其在族中排行老三，又称张三。他一听园中有人作诗，便出门来看，却没有看到人，只见梨树上一个红嘴绿毛的鸟儿正在摇头晃脑，甚是好看。暗想，长这么大，还真没见过如此俊秀的鸟儿。于是立即喊仆人们张开天罗地网，将其捉住。

张三捉住鹦哥后，只见它两眼落泪，口吐人言："张三爷饶命！"张三一惊："世上只有人说话，哪有鸟说话？我母亲七十多了，还没见过这样的鸟儿，我何不把它送给我的母亲来消愁散心呢？"于是，他来到母亲的房中喊道："母亲，你看这鸟儿！"正在闭目掐佛珠念经的张母，睁眼见儿子手拿一只绿毛红嘴的鸟儿，甚是可爱，忙问："儿啊，这鸟儿有何可贵之处？"张三说："这鸟儿会说人言，而且你问什么，它会说什么。"然后又转向鹦哥说道："如果你能说出家住哪里，我就放你回去。"鹦哥一听，喜上眉梢，忙说："张三爷你听我道来。"于是便将自己的身世以及来张家园偷梨的原因给张家母子细说了一遍。说到最后，想起病中的母亲，不觉悲从中来，失声痛哭起来。张母听罢，叹息道："儿呀，看在这鸟儿的一片孝心上，放它回去吧。"

张三却说："母亲，这鸟儿不但会说三千佛法、八百诸侯，而且作诗答对样样精通。"张母一惊："那好，再作一首诗，然后放它回去。"鹦哥忙问："我照什么作诗？"张母说："就照我手拿的佛珠吧。"聪明的鹦哥随即说道："有朝一日功果满，十八罗汉送天堂。"

张母一听，喜上眉梢："儿呀，这鸟儿要是卖了，能值三两黄金，然后给我做一件老衣，岂不更好！"鹦哥一听张母要卖自己，不由得心中大怒，心想我与你作诗答对，你不兑现承诺放我回去，还要卖我，不如好好骂她一顿，我也心甘了。于是便张口大骂："老贱婆，猪狗畜生，口里甜，心里苦，心肠狠毒；捐佛珠，念弥陀，丧尽良心；你不是变猪羊，就变妖精；阎君爷抓你去，拔舌剜眼；上刀山，锯分身，便下油锅。"

张母一听鹦哥骂她，顿时给气歪了眼，怒气冲冲地叫道："儿呀，快把这个扁毛畜生拿去用斧头砍了喂猫。"张三说："母亲，不要生气，这个扁毛畜生杀了也没有多少肉，等明天我把它拿到街上卖几两黄金，还不消母亲的气吗？"张母听罢，也就顺了张三的意。

第二天，张三就把鹦哥拿到街市，开始叫卖。不一会儿，他就被众人围了个水泄不通。因为谁都没见过这种红嘴绿毛的鸟，说是孔雀，头上缺少红毛；说是白鹤，身子又那么小，而且毛又不白。这场面被路过此街的包大人给碰上了。他看到前方去路被人们围了个严严实实，以为又发生了什么特大要案，忙令王朝、马汉前去打探。片刻，王朝、马汉把手提鸟笼的张三给带了过来，禀报道："此人名叫张三，是他在那儿叫卖这只红嘴绿毛的鸟。"包大人一看这个可爱的鸟儿，顿时也喜欢上了，暗想，我何不把它买回家给我夫人解闷。包大人就问："张三，这个鸟儿卖多少银子？"张三忙回答："大人，要三两黄金。"包公闻言，说："三两黄金？那一匹马能值多少银子？"张三称："大人，这鸟儿名叫鹦哥，不但长得俊秀，而且能知三千佛法、八百诸侯，并能作诗答对，人间稀少啊。"包大人就说："好吧，那你把鹦哥送到我府上，我就给你三两黄金。"

话说鹦哥到了包府后，丫鬟们遵照包大人的嘱托精心喂养。但是，鹦哥因思念母亲，终日泪流满面，食水不吃，这可急坏了众丫鬟。一个名叫梅香的丫鬟，慑于包大人的威严，怕饿死鹦哥，就打它，逼它吃食饮水。鹦哥这下可来了气，便哭骂道："小鹦哥泪不干，奴才你听，小丫鬟真下贱，奴才是真；你的脸，好似那，妖精一般；穿红绿，好衣服，作怪成精。"这一阵叫骂，让梅香无言以对，只得放声大哭。没想到这哭声却惊动了路过此处的包夫人，前来盘问："何人在此大哭不止？"梅香一看是夫人，忙跪下禀报道："夫人，老爷让我们精心喂养这个鹦哥，可它连一点儿食水都不吃，还咒骂我，所以啼哭，没想到惊动了夫人，望夫人恕罪。"包夫人说："好了，你先下去。"然后转向鹦哥，问道："你这个扁毛畜生，不吃这么好的食水，还骂人，是何道理？"鹦哥哭诉道："夫人，你不要生气，因我母亲身患疾病，只想吃张家园的梨。我便前去偷梨时，被张三捉住，卖与老爷，关在笼中不能脱身。现在我母亲命在旦夕，望夫人放我回去看望母亲。"包夫人又问道："那你说说你家在哪里？"鹦哥就如实地将自己的身世以及为母偷梨被抓又卖与包大人的经过细述了一遍，最后哀求包夫人："夫人，为了给您的儿孙积点儿阴德，就放我回去吧，我死了不要紧，要是我不回去，我母亲就会被活活饿死的。"说罢又是一阵大哭。包夫人听了也觉得确实可怜，就说："你是老爷买来的，等老爷回来我跟他商量好了，再放你回去。"

话说鹦哥母亲老黄莺在窝中苦等着鹦哥的回来。然而，月升月又落，就是不见鹦哥的踪影。所以，它断定鹦哥是被人捉去了，不由得心如刀割，肝肠寸断。它挣扎着爬出窝，展开酸软的翅膀想飞出去找回自己的孩子。但是，还没有飞起来就跌落在地上，一命归天了。这一下，可惊动了天上的太白金星，他忙驾起祥云来到了仙果山，只见鹦哥母亲像一片跌落的枯叶一样凄凉无助。然而，那圆睁的双眼，仿佛还在做最后的努力。太白金星心想，今日鹦哥童子有难，我应该妥善安置好它母亲的尸体。否则，如果鹦哥回来不见了母亲，它就会悲痛大哭，要是玉帝知道了，一定会降罪于我们。所以就命令风婆雷公、山神土地刮起神风，用树叶将鹦哥母亲的尸体盖住，莫要损坏。说罢，腾空而去。

且说包大人一到府上，就让丫鬟请出夫人，说道："我前日从街上买来了一只红嘴绿毛的鹦哥，鹦哥作诗答对样样精通。"夫人忙求道："老爷，你有所不知。这只鹦哥因想念母亲，两眼落泪，食水不吃，很有孝心。看在为妻的面子上，放它回去吧！"包大人一听，惊道："真是这样？我来看看。"便命丫鬟把鸟笼放到面前，问道："你给我作一首诗，就放你回去。"鹦哥问："大人，我照什么作诗？"夫人说："你就照我家老爷的脸作诗。"鹦哥随即赋诗一首："大人本是子时生，半夜三更莫点灯。老爷浑身衣衫青，你连灶爷拜弟兄。"

包公一听，哈哈大笑，说："那你再照我夫人的白脸作一首诗。"鹦哥又张口便来："夫人坐的象牙床，金身靠的粉笔墙。渴了喝的银似水，好像雪上又加霜。"听毕，包公对夫人说："这个鹦哥不能放，一定要把它献给皇上。"

第二天天还没亮，包公已叫人备轿前往金銮殿给皇上献宝。

到了殿上，包公三拜九叩毕，皇上问道："包爱卿，所奏何事？"包公奏道："吾皇万岁，臣昨日在大街上买来这个鸟儿，名叫鹦哥，不但会说三千佛法、八百诸侯，而且作诗答对件件精通。"皇上一听，对鹦哥说道："那你给我的两班文武作一首诗。"鹦哥听言，说："万岁爷在上，听我道来：武要刚强文要能，都是安邦定国臣。文官提笔安天下，武官提刀定太平。"皇上听完，龙颜大悦，赐包公黄金、白银各一千两，并准假三个月。然后他笑容满面地看着鹦哥，并嘱咐随从官人好生侍候。

鹦哥被献进皇宫后，每日恭敬食水，进行奉养。可是鹦哥却始终低着头，思念卧病在床的母亲，它终日以泪洗面，食水不吃。这下又是众官人慌了手脚，早朝时，慌忙将实情报与皇上。皇上见了鹦哥问道："你这个扁毛的，不吃我的食水，就有欺君之罪。"鹦哥越加伤心，满脸落泪，哭道："万岁爷，我家有生病老母，命在旦夕，望万岁爷放我回去，等我母亲的病好了，一并接来。它长得比我俊秀十分，让我们母子共同来为万岁爷消愁解闷，那不是更好吗？"皇上说："我要是放你回去，你不来怎么办？"鹦哥忙说："万岁爷洪福齐天，我尽管是个扁毛畜生，但是不爱青山绿水、红花野草，偏爱万岁的洪福。"皇上一听信以为真，就说："那你快去快回，朕封你为鹦哥童子。"便吩咐官人放了鹦哥，鹦哥飞到金殿上，将头三点，谢过龙恩。然后一边展翅飞向高空，一边向宫中的皇上喊道："万岁爷，能放我回去见我娘，是你积了一点儿阴功，但想让我再回宫中侍候你，那是妄想。"当皇上明白过来再叫弓箭手射下鹦哥时，它已飞得无影无踪。这时的鹦哥如离弦之箭，再次飞往张家园。不多时，便落到了张家园的梨树上，它先张口诅咒张家人用卖它的银子去吃药，并且全家不得安宁，然后摘了两颗上等的好梨就往家赶。因为思母心切，一路疾飞。

终于来到了仙果山前的沙柳树顶，然而让鹦哥吃惊的是窝巢中没有了母亲。它匆忙将梨放入巢内后就四下里寻找，可是找遍了整座仙果山，就是不见母亲的踪影。回到巢内中，可怜的鹦哥便放声痛哭，泪如泉涌。那一声声凄婉的哭声，让人神共悲，天地动容。瞬间，狂风大作，天昏地暗。等到风停之后，鹦哥就在沙柳树下发现了母亲的尸体，一阵乱箭穿心般的疼痛使鹦哥晕倒在了母亲的身旁。

不知过了多久，鹦哥醒了过来，它搂抱着已经僵硬的母亲悲痛欲绝，在一阵阵悲恸的哭声中，倾诉着对母亲的思念和眷恋，控诉着世间坏人的罪恶。哭着哭着，这哭声惊动了百鸟之王凤凰。在凤凰的号令下，百鸟前来奔丧，帮鹦哥安葬了母亲后，各自回巢。可是极度伤心的鹦哥却无法摆脱失去母亲的悲痛，又从天黑一直哭到了五更天。因为过度的悲痛，鹦哥气若游丝，一会儿灵魂也脱离了身体。但是，它却阴魂不散，冲天的怨气惊动了南海观世音菩萨。菩萨下凡来到了仙果山，见小鹦哥思念母亲哭死在窝中。菩萨左手拿着净水瓶，右手拿着杨柳枝，口念真经，让它即时还魂。菩萨救醒鹦哥后说道："你有孝心，感动了诸佛神圣，惊动了百鸟奔丧，将你引到我的殿前，莲台座下给你教会真言咒语。"可是鹦哥一想起母亲的死，又是泪珠滚滚。菩萨忙问道："你又为何啼哭？"鹦哥说："我的母亲生养了我，为我的成长吃尽了苦头，可我还没有尽到孝心，它就已经去世了。"菩萨说："放心吧，你的母亲已经有了去处。送子娘娘领了灶君的旨意，已送它转生在东京一个叫王翰林的官宦人家了，日后就有保王之命，不必忧心。"

从此，鹦哥成了观音菩萨的座下弟子，潜心修炼，不久，便修成了真人。同时，鹦哥孝顺母亲的感人事迹，成为世人教育后人孝敬老人的典范，世代流传。

刘明霞整理

鸡喝水的故事

相传很早很早以前，天并不像现在这么蓝，而是有一块像锅盖一样的大青石板罩在上面。

自从水神共工撞倒了顶天的柱子，天的西北就塌了下来，地的东南就陷了下去，天上出现了很多裂缝，大青石板破碎了，碎石头渣子动不动就从天上掉下来，砸伤了不少人和动物，天也变得不再平整，而是坑坑洼洼的，石碴子像狼牙，随时都会掉下来，着实可怕。生活在地上的人和动物成天提心吊胆、心神不安地过日子，就连走路、吃饭、喝水都要时时小心被天上掉下的陨石砸到。

大家生活得很痛苦，于是人们就向王母娘娘求情，因为王母娘娘管着凡间的生活。可是王母娘娘住在遥远的九天之上，根本听不见人们的祈求，看不见地上的难处，天天在瑶池里开蟠桃会，呷酒吃肉。人们没办法，就去求厨房的灶王爷，灶王爷天天和凡人在一起，最了解人间的苦难。

灶王爷把这一切看在眼里急在心里，就在腊月二十三这天，一大早脸也没顾上洗，骑云马到了天上，去见王母娘娘。他汇报了凡间的苦难，请求王母娘娘换一个新天。王母娘娘想："换天这要花很大的功夫，不如织一块布，把破碎的天遮住，凡间的人和动物看不见破碎的天，也就不用再害怕了。"王母娘娘随手拿过一团蓝线就开始织起了遮天的布，织好后挂在天上，可是布料小了一点儿，只遮住了天的中间，把四边没遮住，于是天就成了现在这个样子：我们头顶的天蓝蓝的，可周边还是白茫茫，灰蒙蒙的。

从此大家都开始安心地生活，只有鸡胆子最小，还是放心不下，在喝水时总要抬头看一看天。

孔德龙、王录林整理

布谷与臭姑姑的传说

布谷就是杜鹃，永靖当地人叫它巴雏，有的地方也叫种谷。

臭姑姑就是戴胜鸟，永靖当地人叫它鹁鹁迟，它头上有漂亮的梳状羽冠，常常在田间地头，渠边草地上找虫吃。

传说很早的时候，有一家人，母亲去世了，留下了一个女儿。父亲见没人做饭，就娶了一个后阿娘。常言说"云彩里的日头，后阿娘的指头"，后娘都是最狠毒的。这后阿娘对继女儿总是横挑鼻子竖挑眼，就是看不顺。后来，这后阿娘也生了个女儿，取名叫姑姑，她对自己的女儿万般疼爱，要手给手要脚给脚，恨不得摘下天上的星星给她玩；而对继女儿更加刻薄，硬是鸡蛋里挑骨头，千方百计虐待。父亲虽然看在眼里，疼在心里，但对脾气暴躁的后老婆不敢说什么，稍微一说，她就又哭又闹，家里不得安宁。日子久了，娘后老子后，也就由她去了，这可苦了大女儿。

后阿娘不给继女儿梳头，继女儿就自己用清水抹光。后阿娘不给继女儿饭吃，前女儿自己到山上种粮。后阿娘不给继女儿漂亮的衣服穿，只给她破旧的麻褐衫，继女儿就自己把麻褐衫缝补好，洗得干干净净。

后阿娘用玛瑙梳子给自己的女儿梳头，还给她抹上油。后阿娘给自己的女儿穿漂亮的衣服。后阿娘从不让自己的女儿干一点儿活。就这样后阿娘把自己的女儿娇惯坏了，这个女儿好吃懒做，横针不拿竖线不动，还经常在阿娘的跟前说姐姐的坏话，是个爱搬弄是非的人。

有一年，玉皇爷发了告示——谁最早站在最高处，喊出催人播种的布谷声，谁就会成为受人尊重的布谷天使。人们都想受到别人的尊重。当然，后阿娘也想让她的女儿成为天使，于是后阿娘早早起来，喊她的女儿起床。女儿懒觉睡惯了，不愿起来。后阿娘催促说："快起来，快起来，错过了时间会让姐姐抢走。"女儿这才懒洋洋地穿上她的漂亮衣服，后阿娘一边给她梳头，一边给她一块馍吃。继女儿也听说了玉皇爷发布的消息，鸡叫头遍时，她就穿好自己的麻褐衫，用清水把头抹得光光的。鸡叫二遍时，她已站到房檐上，清清亮亮地叫出了一声"布——谷——"。于是她应声变成了布谷鸟，飞上了高高的大树。

再说后阿娘和女儿一听见"布——谷——"声，当时就急了，赶忙把玛瑙梳子别到女儿的头上，女儿嘴里含着馍，爬上茅厕圈的墙，一时心急，叫不出声，只喊了一声"鸨鸨——"，心中又懊悔自己迟到，不由得又喊了一声"迟——"。于是她应声变成了鸨鸨迟。她抹在头上的油，时间一长发出臭味，人们就叫它臭姑姑。臭姑姑又羞又愧，就钻进炕洞躲起来了。

现在我们看到的布谷鸟，就是前阿娘的勤谨女儿变成的，她灰白相间的羽毛，就是当时穿的麻褐衫。布谷鸟每年春夏间飞来，"布——谷——""布——谷——"地催人播种。

鸨鸨迟，也就是臭姑姑，那把玛瑙梳子至今还别在头上，还时不时地展开，向人们炫耀一下，至今还"鸨鸨——迟——""鸨鸨——迟——"地叫着。

孔德龙、王录林整理

吃人婆婆

很久以前，雾宿山还是一片深山密林，密林里住着一家人，家里有母亲和三个女儿，大女儿叫锁簧，二女儿叫锁子，三女儿叫钥匙。

密林里还藏着一个狡猾的吃人婆婆。

母亲怕吃人婆婆到家中来，经常提醒三个女儿关好门，谁喊了都要开。

母亲很勤劳，每天下地干活，回来时总要捡上一捆干柴，到门口总要拍一拍身上的尘，跺一跺脚上的土才进门。

有一年麦子上场了，母亲磨了面，蒸了馒头，要去给外奶送新面。临出门，她又吩咐三个女儿："一定要把门锁好，谁喊了都甭开。"然后装上馒头，挎上栳栳栳走了，三个女儿从里面锁好了门。

母亲走进密林里，心里念叨着："千万不要碰上吃人婆婆呀。"走着走着，拐过一道弯的地方，路边有一截烂木头，烂木头上坐着一位老婆婆。"这是吃人婆婆吧？"母亲紧张极了，心里想。这时，老婆婆转过身来向她打招呼，要她坐下休息一会儿。母亲仔细一看，老婆婆满头白发，满脸皱纹，慈眉善目，牙也掉光了，裹着一双小脚，鞋尖上绣着莲花。母亲的心放下了一半，但还是不敢停下来。老婆婆见母亲不肯坐，就说："那我们做个伴，一起走吧，听说树林里有个吃人婆婆，可千万不要让我们碰上啊！"说着伸出干松树枝一样的手，要母亲拉她一把。母亲拉她时，她就"哎呦呦、哎呦呦"地呻唤，颤颤巍巍地站起来。老婆婆拄着拐杖，挪着小脚。母亲一手提着栳栳栳，一手扶着老婆婆，两人一边走一边拉家常。老婆婆问："你家在哪里？"母亲告诉了她。

老婆婆又问："你去哪里？"母亲告诉了她。老婆婆还问："你家里还有什么人？"母亲也告诉了她。老婆婆一边点头一边不停地盘问。当知道了她的大女儿的名字叫锁簧，二女儿的名字叫锁子，三女儿的名字叫钥匙时，老婆婆突然把脸一变，变成一个青面獠牙的吃人婆婆，然后大吼一声，就地一滚，化成一缕青烟不见了。

三个女儿插好门，再顶上门杠等母亲回来。将近天黑，她们左等不来，右等不来，心中焦急。三个女儿正要从门缝里往外张望时，看见母亲挎着栲栲栳回来了。

母亲一到门口，就喊大女儿："锁簧、锁簧，开门来，娘回来了。"大女儿从门缝里仔细一看，见母亲没有抱着柴，没有拍衣上的尘，没有跺脚上的土，就说："你不是我的娘，我的娘穿的红，戴的红，你去红土坡上打个滚回来，才是我的娘。"门外的"娘"一听，就到红土坡上打了个滚，回来又站在门外喊："锁子、锁子，开门来，娘回来了。"二女儿从门缝里仔细一看，见母亲没有抱着柴，没有拍衣上的尘，没有跺脚上的土，就说："你不是我的娘，我的娘穿的黄，戴的黄，你到黄土坡上打个滚回来，才是我的娘。"门外的"娘"又到黄土坡上打了个滚，回来又喊三女儿："钥匙、钥匙，开门来，娘回来了。"三女儿从门缝里仔细一看，见母亲没有抱着柴，没有拍衣上的尘，没有跺脚上的土，就说："你不是我的娘，我的娘穿的青，戴的青，你去青土坡上打个滚回来，才是我的娘。"门外的"娘"又到青土坡上打了个滚，回来站在门外说："锁簧、锁簧，头出来，娘给你戴个花帽来。"锁簧一见花帽子，就把头从门缝里伸了出去。门外的"娘"一口咬住她的头不放，锁子、钥匙使劲拉，才把锁簧的头拉回来，锁簧的头上留下了两个大牙印。门外的"娘"又说："锁子、锁子，胳膊出来，娘给你戴个金镯子。"锁子一见金镯子，就把胳膊从门缝伸出去了。门外的"娘"一口咬住锁子的胳膊不放，锁簧和钥匙使劲拉，才把锁子的胳膊拉回来。胳膊上留下了两个大牙印。门外的"娘"又说："钥匙、钥匙，手出来，娘给你戴个金戒指。"钥匙一见金戒指，就把手从门缝里伸出去了，这回门外的"娘"死死咬住钥匙的手不放，怎么拉也拉不回来，三个女儿只好开了门。

原来吃人婆婆在树林里哄骗母亲，问清楚了家里的情况，然后变成母亲的样子来骗三个女儿。

　　晚上要睡觉了，三个女儿问吃人婆婆："娘、娘，今晚你跟哪个睡？"吃人婆婆说："三个女儿和我一起睡，锁簧给娘捏脚哩，锁子给娘捶背哩，钥匙给娘梳头哩。"平常娘是和最小的钥匙睡的。三个女儿又问吃人婆婆："娘、娘，哪一个在你的怀里睡？"吃人婆婆说："哪个肥了哪个在娘的怀里睡。"三个女儿知道这个"娘"是吃人婆婆变的，她们趁她睡着时，把一头小猪放到了吃人婆婆的怀里，钥匙藏到了大姐锁簧的怀里去。

　　三个女儿害怕得睡不着。半夜听见吃人婆婆咔嚓咔嚓嚼东西的声音，锁簧就问："娘、娘，你吃的是什么？"吃人婆婆说："屁大豆，装没（悄悄地、别出声）得睡。"锁簧一摸，摸出个猪蹄子。过了一会儿，锁子又问："娘、娘，你吃的是什么？"吃人婆婆又说："屁大豆，装没得睡。"锁子一摸，摸出个猪尾巴。吃人婆婆把小猪当成钥匙吃掉了。

　　锁簧想逃跑，就说："娘、娘，尿憋了，锁簧尿个尿去哩。"吃人婆婆说："炕上尿。"锁簧说："炕塌哩。"

　　"地上尿。"

　　"地塌哩。"

　　"门上尿。"

　　"门塌哩。"

　　"那就腿上拴上条绳子，从窗子里出去了院子里尿。"

　　锁簧背着钥匙，从窗子里跳了出去。锁子也学着大姐的样子说尿憋了，也从窗子里跳了出去。她们到了院子里，大姐解开脚上的绳，拴在了狗腿上，二姐解开了脚上的绳，拴在鸡腿上，背上钥匙逃跑了。

吃人婆婆等了半天，不见她们回来，就问："锁簧、锁簧，尿完了没？"没人答应。又问："锁子、锁子，尿完了没？"还是没人答应。吃人婆婆拉了一下拴着锁簧的绳，一只狗"汪"的一声扑过来咬了她一口。吃人婆婆又把拴着锁子的绳拉了一下，一只鸡"咯"的一声飞过来，鸽了她一口。吃人婆婆揭开被子一看，怀里只是一颗小猪头，吃人婆婆发现上当了，就气坏了，一骨碌爬起来往外追。

三个女儿跑啊跑，吃人婆婆追啊追。天亮的时候，眼看就要追上了，三个女儿没处躲，看见前面有一排高大的白杨树，三个女儿就爬上了大树。吃人婆婆追到树下，怎么也爬不上去，就装作很和气的样子问："我的尕哥们，你们是阿木（怎么）上去的？"锁簧回答："我们用肚子蹭着蹭着上来的。"吃人婆婆就使劲用肚子蹭，把肚皮蹭破了也上不去。吃人婆婆又问："尕哥们，你们到底阿木上去的，快告诉我。"锁子说："我们用脊背蹭着蹭着上来的。"吃人婆婆又用脊背蹭啊蹭，但是把脊背蹭破了还是上不去。吃人婆婆凶相毕露，恶狠狠地说："快说实话，你们到底是阿木上去的，不说就吃掉你们。"钥匙说："我们是泼了些油上来的。"吃人婆婆真的在白杨树上泼了些油，想要往上爬。树身滑溜溜的，吃人婆婆就摔了个狗吃屎。吃人婆婆一生气露出獠牙来啃树，大树眼看被啃断了，三个女儿在树尖上摇晃，树尖搭到另一棵大树上，她们跳过去。吃人婆婆又去啃另一棵大树，这样三个女儿换了七七四十九棵树，吃人婆婆啃断了七七四十九棵树，到最后一棵时，三个女儿再也没处去了，吃人婆婆再也啃不动了。吃人婆婆把一盘绳扔到树上，她拽着绳往上爬，当爬到大树一半的时候，三个女儿心慌了。这棵树上有一个喜鹊窝，恰巧喜鹊飞回来，看见半树爬着个吃人婆婆，吓得喳喳乱叫。三个女儿赶紧求喜鹊："喜鹊哥，喜鹊哥叼火炭，快把绳子来烫断。"喜鹊哥赶紧飞去，叼了块火炭回来，把绳子烫断了，吃人婆婆掉下去摔死了。

从此世界上再也没有吃人婆婆了，大家都过上了安宁的日子。

孔德龙、王录林整理

大百姓的传说

永靖地区有一种特别的说法：县城刘家峡周围的人们习惯以黄河为界，把黄河北岸原半个川（也叫胖哥川、盼哥川、畔个川）的居民称为大百姓，把黄河南岸原属河州地区的居民称为尕百姓。

这事缘由还要从清朝末年说起。

那时候黄河北岸还属于兰州地区皋兰县管辖，这里的人们沿河而居。河沿上，水车嘎吱嘎吱，田地里麦浪滚滚，瓜熟梨香，红枣成林，核桃遮天，真是一片好天地！因为山高皇帝远，历代朝廷官老爷很少到这里来巡视，这里几乎成了一片世外桃源。

有一年，皋兰县的县太爷一时心血来潮，想来这里视察一番。

县太爷坐着轿子，从兰州城出发，沿河而上，经过盐锅峡的上栓村，打算翻过草坪山来这里。七月的天气，正是骄阳似火的时节，县太爷的轿子到了一面山坡，山红得像火，沙烫得像炭，坡陡得像墙，轿子上不去，只能委屈县太爷下轿来，手攀脚蹬。才爬到半坡，县太爷就已经气喘吁吁、口干舌燥、浑身是汗了。县太爷歇了口气，问轿夫："这是什么地方？"

"回老爷话，这里是阎王砭。"

"还有多长？"

"刚走了一半。"

"过了阎王砭呢？"

"是阴曹。"

"阴曹如何？"

轿夫回答道："阴曹是一面塌了方的土崖，只有一尺宽的小路，手扶着崖壁，勉强过得去。土崖下面是几丈深的沟，土匪经常在那里打劫，杀人后扔到沟里，被狼扯野狐拖，满沟破衣裳和人骨头，像阴曹地府，所以叫阴曹。"

县太爷听到这里，巡视的心思已消了一半。县太爷紧跟着问："过了阴曹呢？"

"还有草坪山。"

"过了草坪山呢？"

"是大沟。"

县太爷一听"大沟"，以为是一条又长又大的深沟，其实到了大沟也就差不多到半个川了。当县太爷问轿夫半个川的情况时，大热的天，轿夫们又渴又累，不愿多走路，就添油加醋地说："半个川是屁股大的一坨坨地方，没住几家人。这里的人经常出门，这会儿去，说不定连一个人也找不到，也许一碗水都没地方喝去。"

阎王砭上，毒辣辣的太阳快把人烤焦了，县太爷望了望前后的山坡，再手搭凉棚看一看太阳，巡视半个川的心死了，袍袖一甩，说："回！半个川不去了，粮不要了，草也不要了，回家喝茶去。"

从此，借他老人家的吉言，半个川的百姓好多年没有缴粮纳税。据说天子脚下皇城的百姓不缴粮，不纳税，是"大百姓"。河对岸的百姓见半个川人也不缴粮，也不纳税，就戏称半个川人为大百姓。但属于河州的河南岸百姓，一直在缴粮纳税，相应的就成了尕百姓了。

后来随着这种说法流传地域的逐渐扩大，人们就把原属于兰州地区的居民都叫"大百姓"，而把原属于河州地区的居民统称为"尕百姓"。

孔德龙、王录林整理

狗和猫的故事

从前有个青年，父母都去世了，也没个兄弟姐妹，一个人生活着，于是他养了一只猫和一只狗给自己做伴。他白天下地干活，狗就跟着他，在地头守望；晚上回到家里，猫就喵呜、喵呜地叫着，给他解闷。狗和猫相处得像兄弟一样，猫把狗叫哥哥，狗把猫叫弟弟。

一天这青年去下地，路上看见一条受伤了的小蛇，一屈一伸地挣扎着，很是痛苦。这个青年非常同情，他把小蛇放进装干粮的裤裆里，带回家养在一个碗里，采来草药给它疗伤，还天天拿饭喂它。在青年的精心照料下，小蛇的伤很快就好了。它一天天长大，长着长着，碗里装不下了，青年就把它放进盆里，长着长着盆里又装不下了，青年就把它放到一口大缸里。小蛇越长越大，已经长成了一条花斑鳞鳞、眼像铜灯、蛇芯突突的大蟒。它经常把头伸出缸外，尾巴盘曲在缸里，与狗哥哥、猫弟弟一起玩，它们成了好朋友。

蛇越长越大，一顿能吃掉一盆饭，青年实在养不起了，就连狗哥哥和猫弟弟的食也减掉了不少。

这一天，青年又来给蛇喂食，蛇把头伸出缸外。青年一边喂一边说："蛇啊！吃完这顿饭，你就到山林里去吧。"蛇吐了几下芯子，开口说道："主人啊！感谢你把我喂养这么大，其实今天我的期限也到了，我没什么来报答你，我死后，请你把我的头留下来，放在柜子里，有什么困难就对我的头说，我会尽量帮助你，但千万不要让别人知道。"说完就眼睛一闭，软绵绵地死去了，青年伤心极了，但还是按照蛇的吩咐，把蛇头割下藏到了柜子里，然后把蛇的身子装进那口大缸，扛出去埋到了山里。

这时候，青年已经穷得揭不开锅了，连馍馍渣也没有。狗哥哥饿得叫不动了，猫弟弟饿得爬不起来了。青年没办法，就到柜子跟前对蛇头说："狗哥哥和猫弟弟都快饿死了。"突然金光一闪，三份饭食已摆在面前，青年一份，狗和猫各一份。他们吃得很饱，心里也很高兴。

从此青年缺少什么，就告诉蛇头，蛇头都给他变出来。

青年的房子又破又旧，下雨的时候到处漏水，狗哥哥和猫弟弟都被淋湿了，无处躲避。他把难心事一样一样都告诉了蛇头，蛇头就给他变出了华丽的新房子，青年从此无忧无虑了，猫和狗再也不用挨饿了，日子过得很顺心。时间一长，别人都感到很奇怪，甚至有人以为他当了强盗，准备告官。

消息传出去后，被河对岸的一个黑心员外知道了。这个员外既奸猾又狠毒，他开始动起了黑心肠，打起了黑算盘。他给县官送了金钱，诬陷青年偷了他的财产，县官不问青红皂白就把青年抓起来，毒打了四十大板，蛇头也被黑心员外抢走了。

没有了蛇头，青年的日子又变得不好过了，狗和猫只能吃点儿残汤剩饭，主人心情不好，经常打狗骂猫。

有一天，猫对狗说："狗哥哥，没有了蛇头，我们的日子真不好过啊，我们还是想办法把蛇头弄回来吧！"

"唉！怎么弄回来呢？"狗哥哥长叹一声。

它们商量了一个办法。到了晚上，它们悄悄出发。过河的时候，猫不会凫水，狗就把猫背在背上游过去。过了河，狗用鼻子闻，找到了黑心员外的家。但黑心员外家的墙太高了，进不去，狗和猫围着墙根走了一圈，猫在墙根发现了一个小洞，猫的身子很灵巧，钻了进去，狗进不去，就守在洞旁。过了一会儿，猫把蛇头叼了出来，狗赶紧接住，背上猫就跑。它们连夜赶回家。快到家时，猫说："狗哥哥，你乏了，让我叼一会儿吧！"然后猫叼着蛇头进屋去了，狗浑身是汗，累倒在门外，趴在地上喘着气。

青年一见猫叼着蛇头回来了，高兴得不得了，就把猫抱在怀里，过了一会儿才想起狗，出门一看，狗趴在地上，就骂它："猫弟弟把蛇头找回来了，你到哪里野去了？还赖在这里不起来。"说着踢了狗哥哥两脚，还找来一条铁链子，把狗哥哥拴在门外，只给它一些残汤剩饭吃。而猫呢，自从找回了蛇头，就和主人同吃同住，想来就来，想走就走，自由自在。

从此，狗恨死了猫，一见猫就追，猫自觉做了亏心事，见狗就躲。

孔德龙、王录林整理

南金的故事

从前有一位老奶奶，她有个八九岁的孙子叫南金，南金又聪明，又机灵，又可爱，人们都喜欢他，就叫他"尕南金"。

老奶奶每天背上一个大背篼，拿上锄子下地锄草，尕南金留在家里看门。

一天，老奶奶正在地里专心锄草，突然一阵"叮叮唥唥"的铃声和"嘚嘚"的马蹄声传来。老奶奶抬头一看，原来是一个喇嘛爷，他穿着袈裟，骑着一匹白蹄马过来了。这个喇嘛爷到了老奶奶的跟前，一手拿着念珠，一手拿着皮鞭子，指着老奶奶笑着问："喂！老奶奶，你在这里锄田，我问你锄子锄了多少下来，脚步挪了多少步？"老奶奶说："喇嘛爷、喇嘛爷，这个我没数下。"喇嘛爷笑笑说："明天要数下，如果数不下，我就把你的锄子和背篼拿走。"说罢，又是一阵"叮叮唥唥"和"嘚嘚"声，喇嘛爷骑着白蹄马走远了。老奶奶很惆怅。

第二天，老奶奶下地时，每锄一下锄子就数一下数，每挪一下脚就数一下步，一二三四五六七锄子，五六七八九脚步，数着数着就乱了，到底多少锄来多少步，老奶奶记不住。老奶奶心慌得不得了，误锄掉了许多苗，这时喇嘛爷又穿着袈裟，骑着白蹄马，一手拿着念珠，一手拿着皮鞭子过来了，大声问老奶奶："你锄了多少锄来，挪了多少步，数下了没？"老奶奶慌忙说："喇嘛爷、喇嘛爷，我数不下。"

"明天一定要数下，如果再数不下，我就把你的地收走。"喇嘛爷狠狠地扔下一句话，又"叮叮啷啷""嘚嘚"地走了。望着喇嘛远去的背影，老奶奶很惆怅。

老奶奶回到家里，心神不安，愁眉不展，孕南金见奶奶唉声叹气，问奶奶为什么一直叹气，奶奶说："你还小，顶不住风来挡不住雨，给你说了也没用。"孕南金说："奶奶，你说出来，也许我能顶住风来挡住雨。"奶奶告诉了原因，并说："如果地让喇嘛爷抢走了，我们可怎么活啊？"孕南金听后，安慰奶奶说："奶奶你放心，不要害怕，明天下地时，把我也带上，喇嘛爷来了我跟他说。"奶奶背上背篓，拿上锄子，带上孕南金到了地里，把孕南金藏在背篓下面，但心里还是不安，一边锄田，一天不停地张望着喇嘛爷来的方向。中午时分，喇嘛爷又骑着白蹄马耀武扬威地来了，一到跟前，就恶狠狠地问："数下来了没有？"老奶奶回答说："没有！"这时，喇嘛爷收起皮鞭和念珠，闭着一只眼，慢吞吞说："那我把你的地收走了。"老奶奶赶紧往背篓一看，孕南金掀翻背篓，从里面跳出来，挡在白蹄马的前面，问："喇嘛爷、喇嘛爷，我问你，你的白蹄马走了多少步，你数下了没有？"喇嘛爷一惊，只得说："没有。""那你凭什么要收我们的地？"喇嘛爷无话可说，马上换了一副笑脸对奶奶说："地我不收了，我看这孕娃机灵，那我就把这个孕娃带走，给我当徒弟吧！"奶奶哀求说："喇嘛爷、喇嘛爷，尕南金是我的命，我的尕南金可不能给你当徒弟。"喇嘛爷不依，尕南金劝奶奶说："就让我给喇嘛爷当徒弟去吧。"

尕南金背上了喇嘛爷的袈裟包袱，喇嘛爷骑着白蹄马。走啊走，天黑的时候，他们到了河边，住在河边的一只船上。喇嘛爷把包袱放在头顶，自己睡到船里，而让尕南金靠着船沿睡到自己的脚下。尕南金知道喇嘛爷没安好心，半夜偷偷起来，把包袱搬到喇嘛爷的脚下，自己睡到了喇嘛爷的头顶。喇嘛爷以为尕南金睡着了，就假装翻身伸懒腰，腿一伸，脚一蹬，把包袱蹬到河里，喇嘛爷起身看着河里晃晃悠悠的包袱，以为是尕南金，幸灾乐祸地说："尕南金，尕南金，心不好，娃娃身子水上漂。"不料，尕南金从背后站起来，嘲笑说："喇嘛爷，喇嘛爷，心不好，袈裟包袱水上漂。"喇嘛爷吃了个哑巴亏，心中更是记恨尕南金。

他们继续走，又到天黑的时候，他们住到了一个山洞，喇嘛爷睡洞口，尕南金睡里头，白蹄马拴在洞外头。到了半夜，等喇嘛爷睡着的时候，尕南金悄悄起来，把白蹄马拉到洞里头，自己藏到洞外头。喇嘛爷以为尕南金睡着了，偷偷起来，抱来许多干草，堵住洞口，点着了火，大火烧起来，把里面的马儿烧得胡乱蹦跳，喇嘛爷以为这一回终于把尕南金害死了，就掐着念珠说："尕南金，尕南金，心不好，娃娃身子火里烧。"没想到尕南金从旁边过来，说道："喇嘛爷，喇嘛爷，心不好，白蹄马火里烧。"

喇嘛爷心里恨死了尕南金，但脸上还是装着没事的样子，最后把尕南金带到了他的家里。

一天早上，喇嘛爷吩咐尕南金："我要去念经，你把猪喂饱，院子扫干净。院里要叫猪拉粪，如果院里有猪粪，你就吃干净。"说罢，他把一个棍子放在门背后，还偷偷地打开了猪圈门。尕南金早就看穿了喇嘛爷的坏心眼，等喇嘛爷一走，他关好猪圈门，发了一盆面，藏在炕洞里。晚上喇嘛爷回来以前，他打扫干净院子，取出面盆，拌上蜂蜜，做了许多窝窝头，摆在院子里看上去像一坨坨的猪粪。

喇嘛爷回来了，一看到院子里有许多"猪粪"，就从门背后取出棍子，让尕南金把这些"猪粪"吃掉。尕南金很听话地去吃，每吃一坨，还不停地咂嘴，说："真香！真甜！真好吃！"喇嘛爷越看越不明白，感到很奇怪。尕南金掰了半个让喇嘛爷尝，喇嘛爷尝了尝，也咂着嘴一个劲地称赞，说："真香！真甜！真好吃！"几口就把那半坨"猪粪"吃掉了。喇嘛爷还说："明天你去念经，我来扫院子喂猪。"

第二天一早，尕南金也把棍子立在门背后，就出去了。喇嘛爷一心想着猪给他拉出又香又甜又好吃的粪，就把院子打扫干净，把猪喂得饱饱地放出来。猪在院里左一泡，右一泡，拉了许多粪。喇嘛爷心里正高兴，尕南金回来了，见院中有许多猪粪，取过门背后的棍子，也要喇嘛爷吃掉这些粪。喇嘛爷满心欢喜地去吃，刚一入口，惊呼："啊！臭死了。"这时尕南金提着棍子，逼着他吃，喇嘛爷实在吃不下去这些臭猪粪，就只好答应放了尕南金。这样尕南金又回到了奶奶的身边，奶奶锄田时再也没有人敢问"锄了多少锄子，挪了多少步了"，再也没人敢霸占他们的田地了。

孔德龙、王录林整理

葱怕露水

从前有个老爹，他有三个女儿，老伴早早去世了，他又当爹来又当妈，屎一把，尿一把，饱一顿，饥一顿，好不容易把三个女儿拉扯大了。俗话说，男大当婚，女大当嫁，三个女儿都找了婆家，老爹一个人孤零零地生活着。

这一年，村里很多人到外地去淘金，都发了财，大家都很眼红，老爹也借了些盘缠，跟着人们去淘金。他一去三四年，如石沉大海，再没有消息，淘金路上劫难多，三个女儿都以为老爹不在人世了，就合谋着把老爹的房子卖了，不再打听老爹的下落了。

有一天，老爹却突然回来了。老爹穿着一件又脏又臭的破皮袄，他的脸上满是横里竖里的皱纹，头发又脏又乱，几乎结成了毛毡毡，胡子长成了乱草团。他拄着一根棍子，腿一瘸一拐，趿着鞋来到大女儿家，大女儿一看，门上来了个又脏又老的叫花子，就恶声恶气地往外撵。老爹说："女儿，是爹呀！不是叫花子。"

大女儿仔细一看，才认出来，一看老爹这个样子，眉头微微一皱，勉强让他进屋里。老爹说："女儿啊！爹三天没吃东西了，你园中的葱长得那么好，给爹炒些葱吧？"大女儿一听，嘴一咧说："爹，你可不知道，这葱最怕露水，早上不能挖，一挖全都会烂掉的。你还是赶快到老二家去吧，她家比我家富。"

老爹水米没打牙，就穿着破皮袄，拄着棍走了，临近晌午，来到二女儿家。老爹浑身冒着汗，破皮袄更臭了，就连路上的行人都不愿靠近他。二女儿一见老爹，装得非常惊喜，非常亲热，非常心疼的样子问："老爹呀！这几年你到哪里去了？我把你想坏了，你怎么成了这个样子了？"老爹说："我淘金子去了。"二女儿眼睛忽然一亮，马上关心地追问："挖上了没有？金子呢？""挖上了。"稍停了一下，老爹叹口气，接着说，"但路上叫土匪打劫了，只留下一条老命回来了，女儿呀！看你园中的韭菜长得那么嫩，给爹炒些韭菜吧！"二女儿一听，眼一瞪，说："爹，你可不知道，这韭菜怕晒，中午不能割，一割就再不长了。你还是赶快到老三家去吧，她家比我家富。"老爹无话可说，又穿着破皮袄，拄着棍走了。

太阳落山时，到了三女儿家，一进家门，就闻到了满屋的肉香。这时，三女儿一家正在吃羊肉包子。三女儿眼尖，一眼就认出了老爹，一看老爹的穿着，赶紧掀起纱毡，把包子遮住，然后迎出房门："爹呀！你从哪里来了？"老爹说："我从你两个姐姐家来了……"没等老爹说完，三女儿赶紧接上话茬："你从姐姐家来，已经吃过饭了吧？我们刚吃完，再没有了。你看我家里房子少，两个姐姐都比我富，你还是到她们家去住吧。"旁边玩的小儿子一听来的是外爷爷，就揭开纱毡，拿出包子，递给外爷爷。三女儿一看又羞又气，一把夺过包子扔给了狗。

老爹的心凉透了，摸黑回到了自己的家里，发现房子已经成了别人的，不让他进。老爹走投无路时，思前想后，想起还有一个瞎侄子，他爹妈都没了，一个人住在一间四面透风的破房子里。老爹在家时，经常关心照顾他，这一去三四年，也不知他怎样了。老爹深一脚浅一脚地来到瞎侄子的门前，老爹喊了一声，瞎侄子一听是大大回来了，赶快摸着开了门，把大大迎进房中，点上了油灯。侄子先问一声："大大，饭吃了没？"当知道这么晚了大大还没吃饭，他就连忙摸摸捣捣地用仅有的一点儿白面给大大做了一顿饭。大大问："面做完了你咋办哩？"瞎侄子说："面做完了明年可种呗！"叔侄俩一边吃饭，一边闲扯。

"大大，这几年你去哪里了？"

"挖金子去了。"

"挖上了吗？"

"挖上了，但回来的路上叫土匪打劫了。"

"金子没有也罢，只要大大回来就好。人在，世事在哩，大大你就不要多想了。"瞎侄子不停地安慰着大大。

天亮后，瞎侄子找人把家里养的一只尕羯羊宰了，给大大吃，这是他唯一的财产。大大问："羊宰了咋办哩？"瞎侄子说："羊宰了再养呗。"当瞎侄子知道大大还穿着破皮袄时，就拿出所有的钱给大大做了一件新衣裳。大大又问："钱花完了咋办哩？"瞎侄子说："钱花完了再挣呗，只要人在，世事在哩。"

大大穿上了新衣裳，把破皮袄交给瞎侄子，不料破皮袄太重，瞎侄子没接住，掉到了地上，滚出了许多金锞锞。大大把三年挖来的所有金子都交给了瞎侄子，哈哈一笑说："就是靠着这件破皮袄，一路上土匪嫌脏嫌臭，没有打劫，才把金子带回来的。"

于是瞎侄子用这些金子盖了新房，置了好地，还买了许多牛羊。这消息传出去，四乡八邻的人都知道老爹挖到金子了，这消息也传到了老爹的三个女儿的耳朵里，三个女儿争先恐后地赶回来，抢着要接老爹回家去。一个说："爹，我要孝敬你。"一个说："爹最疼我了。"一个说："爹，我错了。"老爹举起棍子，数落道："葱怕露水韭怕晒，羊肉包子纱毡盖，三个女儿顶不住一个瞎侄子。你们快滚！"

孔德龙、王录林整理

聪明的老大爷

村里有一位聪明的老大爷，不论村里有什么大事小事，明白事，糊涂事，都要向老大爷请教。人们对老大爷的话言听计从，对老大爷的主意深信不疑。

有一回，财主家的牛把头伸进木桶里去喝水，牛角被卡住，缩不回来，急得牛顶着桶，哞哞地叫着到处跑。财主没办法，赶紧打发人去问聪明的老大爷。

大爷说："何不割下牛头呢？"

牛头割下了，大家都称赞："好办法，好办法，如果不是聪明的老大爷，谁能想出这样的好办法？"但牛头还是取不出来，财主又打发人去问该怎么办？

大爷说："何不砸破木桶呢？"桶被砸破了，牛头取出来了，大家都称赞："好办法，好办法，如果不是聪明的老大爷，谁能想出这样的好办法？"

牛头取出来了，新的难题又出现了，破散的木桶该怎么办呢？

财主又派人去问。大爷说："此木是柴，何不当薪呢？"破木桶被搬到了厨房。那牛身子该怎么办呢？财主又派人去问老大爷。

大爷说："何不煮熟吃？"于是，用破木桶做柴煮了牛肉。吃完了肉，大家都称赞："好办法，好办法，如果不是聪明的老大爷，谁能想出这样的好办法？"

现在剩下最后一个难题，财主亲自去问："牛头该怎么办呢？"大爷说："何不送到我家呢？"牛头送到了大爷家，所有的难题都解决了，大家都称赞："好办法，好办法，如果不是聪明的老大爷，谁能想出这样的好办法？"

孔德龙、王录林整理

四长工对诗

从前，有一个心肠狠毒的地主老财，整天盘算着如何盘剥长工、怎样让长工多干活少吃饭。这个老财主雇了四个长工，每天天不亮就催长工们去干活，直到日上三竿，老财主才让人送来些清汤寡水的早饭。怕长工们偷懒，老财主还常常亲自到地里监督。

有一天，鸡还没叫头遍，老财主就把长工们叫醒，催他们去干活。四个长工到了地里，实在又累又瞌睡，就商量好联句作诗，把老财主整一下。然后他们倒头枕着地垄睡着了，等到老财主喝够了早茶，太阳晒到屁股了才到地头来监督。见四人呼呼大睡，活一点儿也没干，老财主很生气，问："你们为什么没干活？"大长工揉揉眼睛说："天上不见星。"二长工打个哈欠说："眼前黑洞洞。"三长工翻个身说："伸手不见掌。"四长工眼也不睁地说："黑得做不成。"老财主一听，气得吹胡子瞪眼睛。

当天下了一夜雨，第二天老财主又早早催四个长工去干活，天才麻麻亮老财主就到地里监督，见四个长工又没干活，就厉声质问："为什么还不给我干活？"大长工开口道："天上一朵云。"二长工接："地下雾沉沉。"三长工对句："下了一夜雨。"四长工脱口说："湿得做不成。"这回老财主二话不说，羊粪蛋眼睛骨碌一转，掉头就走。老财主把四个长工直接告到了县衙，县太爷派衙役把四长工链脚枷手，押到县衙亲自升堂审问。衙役们拿着水火棍，站在两旁助威。老财主心中暗暗得意：看你们再作诗，看你们还有什么借口。

四个长工一溜上堂，大长工在前，往上一看，大声说道："当堂一只虎。"二长工四下一望："两边衙役怒。"三长工不敢怠慢："今天是县官。"四长工最机灵："明早是都督。"县太爷一听，滋润得像喝了酥油，满肚子顺畅，脸上早已多云转晴、眉开眼笑，还不停地夸四个长工聪明，诗作得好，有学问。老财主一看风向不对，赶紧上前提醒县太爷："禀告县太爷，这四个长工是刁民，他们在胡说。"县太爷大怒："难道本县不该升官吗？这么有才学的伙计哪里去找？我看你是诬陷良民。"于是惊堂木一拍，扔下令签说："你这个老糊涂，不惜人才，诬陷良民，顶撞官府。打四十大板！"两边衙役如狼似虎，不由分说，扯倒老财主就打。一板下去，疼的老财主喊爹叫妈；两板下去，疼得老财主求天告地；三板下去，疼的老财主猪吼驴叫；再打下去，皮开肉绽，只是可怜了那老屁股，两瓣变成了四牙子。板子打完，县太爷定案：四个长工无罪释放，老财主抬回家疗养，日后不得来衙门滋事。然后手一挥，示意退堂。

四个长工把老财主抬在门板上往回走，四个长工走一步，老财主"哎哟"一声。老财主的胡子头发全乱了，被风吹得一起一落。大长工见状，又来一句："风吹胡子楂。"二长工接上："挨了四十板。"三长工联句："看你告不告？"四长工总结道："自家告自家。"

孔德龙、王录林整理

赌博人

相传以前，有个人嗜赌成性，家里穷得揭不开锅。妻子靠伺弄庄稼得来的些许收入根本填不满赌博的坑，他家欠了一屁股赌债。

有一次，此人出去赌博，输得实在没钱了，就立了字据，把老婆押上了。结果可想而知，老婆被输了。双方约定第二天就来把他老婆领走。

这个人只好垂头丧气地回到家里，他茶饭不思，蒙头便打算睡。无奈经不住老婆的再三追问，只好把实情告诉了老婆，末了说："媳妇，我赌博半辈子，穷得叮当响。你也跟着我受了半辈子罪，吃了不少苦。你还是跟别人去过好日子吧，也许能活得好一点儿！"

妻子听了丈夫的话，反而显得异常平静，跟他说："嫁给你我认命，嫁给别人我也认命。反正嫁给谁都是赌博人，都别想过好日子！"

赌博人一看妻子没有责怪他，反倒觉得自己对不起跟他同甘共苦的妻子，趴在炕上失声痛哭："媳妇呀！我真对不起你！那可是立了字据的，我实在没办法呀。"哭了好一阵子，就听妻子在耳边说："要是我不去，你愿不愿意戒掉赌博呢？无论再穷，总比有点儿钱都拿去输掉的好！"

赌博人一听，绝望地说："要是我们能重新一起过日子，我再赌博就自剁手指！可有什么办法呢？那可是签字画押了的。"妻子平静地说："这个你别管，一切我来应付，只要你能诚心戒赌，以前的过错一笔勾销。"于是，妻子便找来半碗胡麻，放在锅台炒干备用。

第二天，那个人果然来领人了。妻子偷偷在脸上抹了一把锅底灰，拿出她炒好的胡麻在头上身上鼓捣了一番，然后笑嘻嘻地迎上去说："男人昨晚就告诉我了，我知道你是来领我的。这样吧，你先坐，我给我男人再做顿饭，毕竟我俩在一起生活了半辈子，这顿饭，让他再感受一下一个妻子的情意！"那人一听，也不好说什么，只好坐下来等。

那时的穷人家房子少，都是锅头连炕。妻子一边擀着面，一边不停地往头上乱抓，噼里啪啦好像有虱子在掉落。她时不时对着案板一顿乱拍，噼啪作响，还不时放下擀杖，从裤腰里捉出几个放在案板上挤……这一切都被那个人看在眼里。他一阵犯呕，心想：这样邋遢的女人我领去干什么呢？可惜了我的几两白银了。

饭做好了，那人一碗没吃。妻子对那人说："现在我们可以走了。我跟你走，你把字据还给他。"说着指了指她丈夫。

那人只好掏出字据还给她丈夫，支吾着说："字据还给你，你的女人我也不要了，我自认倒霉。"说罢，愤愤地走了。

从那以后，那个赌博人戒了赌，两口子的日子过得比以前好多了。

刘登科整理

三个大舌头

说很早以前，有个樵夫，祖祖辈辈以打柴为生，靠卖柴得来的一点儿微薄收入维持生计。

这樵夫有把祖上传下的斧子，明光锃亮的，樵夫就把它当作宝贝，还给它起了个非常好听的名字，叫金斧头银把子。

一天，樵夫拿着这把斧子去砍柴，一不小心，斧子从手中脱落，掉在了一家员外的后院里。

员外的大门从里面顶着，时而从院内传出员外咳嗽的声音。

樵夫非常着急，就趴在员外院墙外的树上喊："员外爷，员外爷，你把我的金斧头银把子给我递一下！"半晌，才听到员外在房里慢吞吞地说："你先站着，我起来了再递！"樵夫只好耐下性子在墙外树上等着。几个时辰过去了，还不见员外出来。樵夫等不及，又喊："员外爷，员外爷，你把我的金斧头银把子递一下！"半晌，又听员外在里面慢吞吞地说："你站着，我把衣服穿上了再递。"又几个时辰过去了，还是不见员外出来。樵夫又一次喊："员外爷，员外爷，你把我的金斧头银把子递一下。"员外又慢吞吞地说："你站着，我把鞋子穿上了再递。"

樵夫只好再等。就这样，一直到天快黑的时候，员外才慢腾腾地从屋里出来了，他走路颤颤巍巍、弱不禁风，像个棺材瓢子。这员外来到后院，看到这么一把明光锃亮的斧子，就起了贪心，便冲树上的樵夫说："我家的斧子，怎么能够给你？这可是我的！"樵夫一听急了："员外爷，这是我的斧子，今儿砍柴不小心掉入你家后院了。我家祖祖辈辈就靠拿它打柴为生！要是斧子没了，我靠什么生活呀？"员外一听，还是贪心不改，就冲樵夫说："给你也行，不过你得拿钱来赎或者拿你家最好的东西来换！"樵夫想：我家哪有钱呀？如果这斧子丢了，全家人只好去要饭了。最后，樵夫咬咬牙说："员外爷，我家没有钱，不过我有三个女儿，要是员外爷能看上其中一个，就送给你做小妾吧。"员外一听，高兴坏了，就冲樵夫说："君子一言，驷马难追。你可不许反悔！"樵夫说："一言为定，绝不反悔！"于是，员外就颤颤巍巍地顺着搭在墙上的梯子把斧子递给樵夫，说："明天我就过来相亲，看不上咱不说了，要是我看中一个，就要纳做小妾，你可记住了。"

这樵夫一根柴也没砍着，想到自己的一个女儿将要嫁给这个棺材瓤子做妾，他心里又急又气，垂头丧气地回家了。回到家里，樵夫晚饭也不吃，坐在炕上唉声叹气。妻子一看不对劲，就一个劲地问樵夫发生了什么事？

樵夫架不住妻子再三追问，就把事情的经过如实告诉了妻子。

妻子虽然很着急，但看着耷拉个脑袋的丈夫，也没发火，想了想说："员外不是说看不上就不说了吗？我们就想办法让那老不死的别看上我家仨闺女，看他咋整。"于是就叫来三个丫头如此这般交代了一番。

第二天，员外满心欢喜地来相亲，樵夫告诉他："仨闺女就在厢房，你自己相去吧。"

员外兴冲冲地来到厢房，掀开草门帘一看，炕上呆头呆脑坐着仨丫头，她们蓬头垢面，长得黑不溜秋的（抹了锅底灰）。员外的心顿时凉了半截儿，只好坐在炕头上搭讪。

无论这员外怎么问话或者挑逗，三个丫头就像根本没听见一样。员外心想：莫非三个都是聋子哑巴？我今天非得让你们说话不可。于是，员外绞尽脑汁想了个办法。他一边坐在炕沿上吸着水烟，一边装作不小心用手中的火绳把自己的衣袖点着了，一时屋里充满了一股焦臭味。大丫头一看急了，正想提醒员外衣服着火了，又一想阿妈让她们装哑巴别说话，怎么提醒呢？干脆装个大舌头算了。主意一定，她就冲员外喊："三（先）生，三（先）生你的衣裳火则（着）了。"这员外一听，原来是个大舌头，说话咬舌拌气的，怪不得一直不说话，原来怕一说话就露馅了。老二一听可不干了，就对老大说："阿妈色（说）者我们覅色（说）话覅色（说）话，你偏要色（说）话。"员外一听又一个大舌头，心几乎凉透了，没想老三也来了一句："你们色（说）话是色（说）

话，我不色（说）话。"这下员外彻底死心了，原来三个都是大舌头，我堂堂一个员外怎么能纳一个话都说不清的丫头做妾，岂不让人笑话？他只好灰溜溜地走了。

刘登科整理

龟山的传说

在永靖县境内，连绵起伏的雾宿山下，黄河东岸的悬崖峭壁间，有一块形状像乌龟的巨石。这巨石状如一只大乌龟背着一只小乌龟向着山顶艰难爬行，远远望去，栩栩如生，活灵活现，此处名为龟山。关于龟山，流传着一个美丽而又凄婉的故事。

相传在很早以前，黄河岸边住着一户人家。儿子出了远门，家中留下公公和儿媳两人。有一天晚上，天空电闪雷鸣，下起了瓢泼大雨，黄河发大水了。眼看着洪水就要淹到家了，公公叫醒儿媳，就领着儿媳连滚带爬往山顶跑。那时的女人都裹着小脚，再加上大雨倾盆，山陡路滑，儿媳妇根本就跑不动。公公眼睁睁地看着家被洪水冲垮了，巨浪咆哮着冲到脚下，无奈之中只好背起儿媳一个劲地往山顶爬。

当时的社会比较封建，男女授受不亲，公公背着儿媳妇跑算怎么回事？公公的这一举动激怒了上苍，老天一个炸雷，就把这公公儿媳变成了一块巨石。但不管上苍如何震怒，也永远熄灭不了人们求生的欲望，公公依然一直背着儿媳在那儿艰难地爬行着。他们就这样爬了几千年，还是没爬上山顶。

刘登科整理

李铁拐故事四则

偷锅

据说，八仙之一的李铁拐在成仙之前，由于腿脚不便，不能像正常人一样进行田间劳作，日子过得很穷苦，家里连口煮饭的锅也没有。李铁拐只好等邻居家吃过晚饭睡熟后，再去偷别人家的锅来做饭。李铁拐一家吃过饭，再趁着夜色把锅还回去。

有一次，邻居一家睡得迟，李铁拐等到后半夜才把锅偷来。等他做好饭时，天已蒙蒙亮了。李铁拐生怕送锅时被别人发现，他偷锅的事败露，急得他冲着微微发白的老天喊："老天爷呀！你再黑一会儿，等我把锅送回去了你再亮。"果不其然，蒙蒙发白的天色又忽然暗了下来，李铁拐赶紧趁着夜色把锅送回去。

一直到现在，细心的人们会发现天亮前又要黑一阵子，说那是李铁拐送锅的时刻。

偷油

有一年大年三十晚上，别人家张贴春联，点灯焚香，欢欢喜喜准备过年。可李铁拐家里连一滴油也没有，无法点灯，怎么能祈求上天保佑呢？李铁拐只好横下心去别人家偷油。

李铁拐接连串了十几家，户户都一样，堂屋里灯火通明、欢声笑语不断，根本没法进去偷。最后，李铁拐来到村头一户人家，发现里面虽然亮着灯，可听不到声音。难道屋主人已经睡着了？李铁拐轻轻地把门推开一条缝，取下挂在腰间的葫芦，先把葫芦头塞进门缝试探一下，想看看里面的人到底睡着了没有。

此时屋里的人正坐在凳子上喝酒，已处于半醉半醒的状态，蒙眬中看到门缝里冷不丁塞进来一个物件，惊得不轻，顺手操起案板上的菜刀，"咔嚓"一下就把葫芦头斩了下来。李铁拐吓得撒腿就跑，等那人追出来时，他早已不见了踪影。

偷布头

有一年秋天，李铁拐的妻子生了个男孩，李铁拐有了儿子，自然高兴得不行。可家里穷得连三尺的布头都买不起，无法给儿子做件小褂子，眼看快要入冬了，总不能让儿子光着身子吧？于是，李铁拐横下心，操起老本行去偷。

李铁拐出了门到街上，想寻找合适的店铺下手。正好有家店铺的主人由于临时有点儿急事出去了，忘了锁门，李铁拐趁机溜了进去。

货架上的布真多，五颜六色，可都是成捆成捆的，就是找不到三尺的布头。李铁拐急得头上直冒汗，翻过来倒过去几次，把货架上的布全都翻乱了。这时，店主人回来了，一看到铺子进了贼，一把揪住了李铁拐的领口，大声质问："说！你到底要偷啥？"

李铁拐只好说出原委，说老婆生了儿子，自己穷得买不起三尺布，就想偷三尺布给儿子做件小褂子，可这里的布都是成捆的，找不到布头。这店家一听，心想这人真是个实心肠，这么多布，随便抱去一捆不就得了，非要只偷三尺？于是顿生怜悯之心，从囫囵白布上扯下三尺，送给了李铁拐。

李铁拐千恩万谢后欢欢喜喜地拿着布回家，让老婆给儿子缝了件小褂子。

一直到现在，很多地方还流传着这样一个习俗：谁家生了儿子，就要从囫囵白布上扯三尺，缝件小褂子给儿子穿，以图个吉利，沾点儿仙气。

得道成仙

李铁拐家里穷得叮当响，吃了上顿没下顿，不得不丢下妻儿，行走江湖，干起了江湖郎中的行当。其实他跟要饭的没什么两样，给人家治病，从不要报酬，只要给口饭吃就行。就这样，李铁拐在颠沛流离中打发着艰难的时光。

有一天，李铁拐突然想起丢弃在家中的妻儿，顿时老泪纵横，觉得很对不起他们，一心想着回家看看。

其实李铁拐的妻子为人慈善，人缘很好，时常得到左邻右舍的接济，儿子也慢慢长大，能帮母亲操劳家务，日子过得比以前好多了。

李铁拐回来的那天，正好赶上儿子结婚。李铁拐一进大门，看到院子里宾客满座，儿子披红挂绿，正在给客人敬酒，好不热闹！李铁拐明白儿子娶媳妇了，再看看自己破衣烂衫、蓬头垢面的样子，生怕给儿子丢脸，转身就朝大门外跑。没想到儿子一眼就认出了他，左邻右舍也认出了他，人们一边喊，一边追着李铁拐。

当人们追出大门时，看到李铁拐已驾着一朵祥云升天而去，门外的院墙上题着一首打油诗：

> 三十晚上去偷油，
> 钢刀斩断葫芦头。
> 儿孙自有儿孙福，
> 莫与儿孙做马牛。

刘登科整理

懒汉的故事

据说过去有这么一个壮汉，人长得五大三粗的，好像什么苦都吃得，什么重活累活都拿得下来，可此人就是特别懒，光知道吃了睡，睡醒了吃，衣来伸手，饭来张口，什么活也不干，家里家外全靠他媳妇一个人张罗，他就是不知道帮一把。

有一天，媳妇眼泪汪汪地对他说："男人呀，我嫁到你的家已七八年了吧？在这七八年里，我为了照顾你，一趟娘家也没回过。我想我爹娘了，也没有二老的音信，我爹娘都是黄土埋到脖子的人了，万一有个三长两短，我这做女儿的想见一面都见不到。我想回一趟娘家，看看我爹娘去，行不？"

媳妇一边说，一边擦着眼泪。

丈夫一看媳妇这般伤心，也就不好意思过分阻拦，只是极不情愿地嘟囔着："你一个来回得好几天，谁给我做饭哩？"

妻子回答道："这个你放心，我有办法不让你饿着肚子。"

丈夫一听也高兴了，说："只要我不饿肚子，你去几天都成。"

于是，妻子便从邻居家借来一口大锅，烙了一个大饼，中间留个洞，套在丈夫的脖子上说："这个馍，够你吃七八天的。七八天不到，我一定会赶回来的。"

一切吩咐妥当，妻子收拾利索，高高兴兴地回娘家去了。

回到久别的父母身边，日子过得真快，一眨眼七八天时间就过去了。妻子放心不下丈夫，想着给丈夫烙的饼可能吃得差不多了，只好告别二老，急匆匆地赶回夫家。

当她推开房门时，看到丈夫竟直挺挺地饿死在炕上。再看看套在他脖子上的馍，发现他只吃了挨着他嘴的那些，其他的还完整地套在他脖子上。

刘登科整理

锅　漏

　　从前，山沟里住着一户人家，家境贫寒，一对老夫妻种着几亩薄地，养着一头小毛驴。家里最值钱的就数这头小毛驴，还有一口锅。

　　住在山头的一个小偷和住在山腰的一只老虎同时盯上了那头小毛驴。在一个阴沉沉的夜晚，老虎越过墙找了个隐蔽的地方躲起来等屋里熄灯，小偷也悄悄地趴在驴舍顶上观察动静。这时候他们听见老头子说："今天天阴会下雨，我怕雨漏。"老婆子说："我虎不怕、狼不怕，就怕锅漏。"小偷和老虎听到老婆婆的话大吃一惊。小偷心里嘀咕：你不怕我好说，可老虎不吃人——恶名在外呢！你居然不怕老虎怕锅漏。老虎心里也嘀咕说：居然不怕我，怕锅漏，说明锅漏这东西比我还要厉害啊！

　　不一会儿，屋里的灯灭了，老虎悄悄进了驴舍去吃驴。小偷见屋里的灯灭了，想从驴舍的天窗直接跳进驴舍里。小偷跳下去，不偏不斜，正好骑在老虎的身子上。老虎心中一惊说：完了，是锅漏骑到身上了！小偷也一惊：不好，一定是掉在锅漏身上了。小偷怕掉下来被锅漏吃掉，就紧紧地抱住了老虎的脖子；老虎怕被锅漏吃掉就不顾一切地驮着小偷跑，它冲出了驴舍，撞坏了大门，冲上了大路。小偷想从锅漏身上跳下来，但又不敢跳。老虎跑着跑着，模模糊糊看到前面有一棵大树，它心中一喜：好啊，我飞快地跑过去，用树把锅漏撞下来，不就逃生了？小偷看见那棵树心中一亮：如果锅漏从树边跑过，我跳下来，再爬到树上去，不就安全了吗？

老虎跑过去狠劲撞在树上，小偷顺势趴到地上。老虎怕锅漏追上，使出吃奶的劲往前跑；小偷怕被锅漏吃掉，忍着疼急忙爬上树。

老虎跑了一阵，对面来了一只狐狸。狐狸问："老虎大哥，你跑这么快干吗？"老虎一看是狐狸，喘着粗气说："狐二弟，了不得，真是了不得，今天碰上了锅漏了。要不是我有计谋，现在虎哥只剩一把骨头了！"狐狸不知道锅漏是个啥东西，就问："锅漏现在在哪里？"老虎说："在那棵大树上了。"狐狸说："我和你去看看究竟怎么厉害的一个锅漏。"老虎把头摇得跟拨浪鼓似的说："不敢去、不敢去……"狐狸再三央求，老虎还是不答应，狐狸心生一计说："我走在前头，你跟在后面，陪着我去，回来给你一只羊吃。"老虎信以为真，就跟狐狸来到树下。抬头一看，树中间有一团黑东西，老虎又想跑，狐狸说："怕什么，跑掉就吃不上羊。"老虎听见能吃到肉，就留了下来，狐狸围着树转了几圈说："老虎大哥你不放心的话，就把我俩的尾巴系在一起，我顺着上树，你倒着上树，如果是一口好肉，我们有福同享，如果真是锅漏，我挤眼睛，你就拉着我跑。"老虎听见狐狸先上，就答应了。老虎和狐狸绑好尾巴，慢慢地往上爬。这时小偷看见个长长的怪东西往树上爬，吓得尿流了出来，尿正好掉在狐狸的眼睛里，狐狸一挤眼睛，老虎以为真是锅漏，就不顾一切地往前跑。跑了好一阵，老虎解开尾巴一看，狐狸躺在那里龇牙咧嘴，原来狐狸叫它给拖死了。

狐狸死了，老虎怕锅漏追上，继续往前跑，没跑多远，老虎就掉进猎人布下的陷阱里了。

何其龙整理

红泉沟的传说

雾宿山上有一处梁叫乌龟山，据说是刘伯温斩龙脉的地方。

话说当年刘伯温来到太极川，见四面环山，山上森林茂密，黄河向西奔流，川间牛羊似珍珠，两山的雾气与黄河的水汽连成一片，一条山梁从雾宿山蜿蜒下来，形似乌龟下山，欲入黄河。刘伯温见此情形，心里立刻断定这就是龙脉。于是，他就命人在半山腰挖，意欲斩断龙脉。连续挖了七天，却发现白天挖的土，经过一夜第二天又填回去了。刘伯温气坏了，命士兵昼夜不停地挖，直到挖出龙血为止。一天，终于挖出了龙脉：当挖到红红的红砂岩，再也挖不下去的时候，一只乌龟慢悠悠地从红砂岩中爬了出来。刘伯温见状，一剑把乌龟劈为两段，顿时鲜血与泉水涌满了坑道。这时，在不远处还有一只乌龟拼命地在向山梁上爬，原来它是在黄河里抚育乌龟孩子的乌龟妈妈。而乌龟丈夫在山上守护龙脉。听到刘伯温斩挖了龙脉，乌龟妈妈怕丈夫遭遇危险，急忙赶来解救夫君。此时，眼睁睁看着刘伯温罪恶的屠刀劈向心爱的丈夫，它心如刀绞，泪如雨下，埋怨自己爬得太慢，捶胸顿足，顿时化作一块巨石，随夫而去。

与乌龟山相邻的西侧山沟有一眼山泉，平时清澈无比，涓涓流淌。此时这泉眼也流出了鲜红的泉水，似鲜血一般，经久不止，染红了半个沟。后来，人们把这眼泉叫红泉，把这条沟叫红泉沟，把刘伯温斩龙脉形成的巷道叫乌龟巷。

传说，古时候红泉沟的石壁半崖上有一轮金月亮，下方有三根巍巍矗立的石柱，形似一只昂首挺胸的雄鸡，人们叫它金鸡娃。夜间，金月亮发出耀眼的光芒，把红泉沟照得如同白昼，放羊娃不知天黑，经常半夜才把羊赶回家。而金鸡娃叫鸣时，整个山间都能听得见，鸡叫一声，游荡在山间的山羊也回应一声，一唱一和回荡在山间，甚是优美动听。

红泉沟的金月亮赶走了黑暗，金鸡娃迎来了黎明，它们是雾宿山里的宝，是当地人的守护神。刘伯温斩了龙脉后，发现了这两个镇山之宝。为了防止意外，刘伯温派人偷偷地把金月亮挖去，把金鸡娃抓走了。

从此，雾宿山上的树木稀了，草少了，红泉沟的泉水一天天变小了。

罗豆宝整理

老鼠山的传说

在小茨沟大台与墩台之间有一座小山，这座小山很像一只老鼠，当地人传说，这座山是一只老鼠精变的。

很早很早以前，小茨村碾道沟沟后靠山上，住着一只老鼠精。这只精怪能呼风唤雨、腾云驾雾。每到秋天，老鼠精就下山吃庄稼。人们想除掉它，可又没有办法。

一天，小茨沟村一个姓张名金虎的小伙子，对他母亲说要出门学本领，回来除掉这只老鼠精。母亲答应了。金虎来到一座高山，遇见一位采药的老人，就恭恭敬敬地说："请问爷爷，这里是否有仙师？"老人见他说话诚恳，就说了一段顺口溜："要想寻找此仙师，百盘拐过你便知。九棵大树相对权，中间可见一庙宇。"金虎按采药老人说的，拐过了一百弯，找到了九棵枝丫交叉的大树，大树背后果然有一座庙宇。

金虎敲了三次门，一位童子从里面走出来，问过来历，带金虎来到一位胡须很长的老仙师面前。金虎叩了头，说明来意。仙师听了就收留了他。金虎跟仙师刻苦学艺，不觉已过三年。有一天仙师对他说："你可以下山了。"金虎告别了师父，下山回乡。

人们见金虎回来了，就推举他领着一些强壮后生，来到了老鼠精住的地方。这时，老鼠精正在睡大觉，金虎对准老鼠精的头举刀就砍。老鼠精醒过来掉头就逃。金虎紧追上去，又向它的屁股接连用力砍了几刀。老鼠精飞上天空，作起法来。一下子，风大雨大。金虎念起了咒语，即刻就风停雨住了。老鼠精见金虎破了它的法术，就张开大口，想把金虎吃掉。金虎避到一边，举刀向老鼠精的脚上就砍，一下子砍掉了老鼠精的一只脚。老鼠精掉落在地上疼得直打滚。后生们一拥而上，捆的捆，缚的缚，把老鼠精绑了起来。金虎和村里人日夜轮流守着老鼠精。

天长日久，老鼠精就变成了现在的老鼠山。那老鼠山的头部还留有刀痕呢。

马占鹏整理

老子在炳灵寺

春秋晚期，诸侯兴起，周朝衰微，礼崩乐坏。诸侯架空天子权力，图谋霸业，各地连年混战，民不聊生。老子见此情景，痛心疾首，遂决定到西方传道。

老子骑着青牛，过函谷关。史载：老子西行，不知所终。这成了历史上的一桩悬案。其实，老子在函谷关留下《道德经》五千言后，遂携关令尹喜出大散关，入甘肃，经天水、陇西、临洮，最后到达永靖黄河岸边的小积石山。

且说老子师徒西渡黄河，登临小积石山，但见大禹导河斧凿痕迹犹存。大河滔滔，巨浪翻腾，乱石穿空，激流轰鸣，东流而去；山峰峭拔兀立，如丹霞一片；山谷幽深，丛林茂密，人迹罕至。间有麋鹿、石羊、獾猪、金钱豹、鼬子等动物从绝壁间窜过；雄鹰、大雁等飞禽从云端飞越，还有牧人悠扬的山歌声伴随着各种各样的鸟叫声不绝如缕。真是一片西方风水宝地，修行炼丹的好去处！

老子师徒二人沿河沟前行，远远望见前面比肩耸立着两座挺拔高峻的山峰，后人称其为姊妹峰。走近观之，在200多米的半山腰间似乎有一天然洞窟。老子大喜曰："此乃吾之托身之处也！"随后，师徒二人一边募化，一边开凿阶梯。历时三月，手皮尽皆皲裂，石阶终于凿成。进得山洞，稍加修整，遂成为宽阔舒适、冬暖夏凉、视野开阔的绝佳修行之所，后人称为老君洞。

原来，此处乃华戎分野之地。当时，羌族各部落统治着河湟谷地。这里林木葱茏、水草丰茂、牛马成群，羊群似朵朵白云点缀着碧草如茵的草原。羌族各部落逐水草而居，有时也因为草场起纷争，但对生产和生活影响不大。河湟谷地远离周朝都城，王礼教化难以到达，因此民风极为淳朴。老子师徒一边在石洞里修行，一边在河滩平缓之处种植瓜果蔬菜和米粟，同时收徒传道。老子的学说引起了当地羌族各部落的关注，同时也拥有了一大批忠实的信徒。老子不但从周朝都城带来了先进的文化、思想，还带来了先进的耕作技术和手工制作技术，此地羌族各部落由蒙昧状态逐渐走向开化。他们由游牧渐次定居下来，由原始狩猎到开始圈养、驯化动物，并开垦土地，进行小规模的农业耕作。

花开花落，云卷云舒，不知经过了多少个春秋，尹喜也须发皆白，而老子则整年在山洞中闭关修炼。这一天，尹喜外出布道，老子在洞中修炼。傍晚时分，尹喜沿着阶梯向石洞爬去。突然，从洞口射出万道霞光，并逐渐凝聚，幻化成一团紫气直冲霄汉。尹喜大惊，加快脚步向上爬去。进入山洞一看，师父老子端坐在洞中心的石台上，面带微笑，脸色红润，银须飘飘。尹喜大叫三声师父，皆无应答。尹喜联想到近日师父说过要"返璞归真"之类的话，方知师父已经羽化飞升。

如今，炳灵寺半山腰的老君洞似乎还在诉说着过去的故事。

孔建平整理

永靖七月跳会的来历

一千多年前的唐代，永靖西山一带森林茂密、绿草茵茵，黄河北岸风调雨顺、国泰民安。秋收时节，麦穗金灿灿、沉甸甸，谷穗就像狼尾巴，又长又粗，好一派丰收景象！人们怀着喜悦的心情，收割庄稼，颗粒归仓，过着丰衣足食的日子。

但是，天有不测风云，人有旦夕祸福。每当庄稼成熟的时候，黄河南岸的蕃人部落乘黑倾巢出动，来黄河北岸抢收麦子，把黄河北岸农民辛辛苦苦耕种的庄稼糟蹋得不成样子。黄河北岸的人非常气愤，有的准备挖陷阱、有的准备弓箭、还有的磨刀霍霍……

这事被附近炳灵寺住持知道了，他急忙将黄河北岸的头人叫到寺里，如此这般地给他出了个计策，既不伤人，又能止盗。

有天夜里，蕃人们在月光下又来抢麦子。突然，锣鼓敲起，吆喝声不断，在火把照耀下，麦地周围有怪兽，有猛禽，有妖魔，有神将，它们青面獠牙，或突鼻尖嘴，或巨睛长角，蕃人见了，以为神兵天将，吓得屁滚尿流，逃之夭夭。从此，再也不敢抢收麦子了。

原来这些"妖魔鬼怪""神兵天将"是藏在炳灵寺的面具，一般是在祭祀活动中使用的通神法器。炳灵寺住持让永靖百姓戴上它令蕃人望而生畏，既阻止了一场战争，又保护了庄稼，可谓一举两得。

为了纪念这次胜利，每当丰收年景，当地人形成了戴面具七月跳会的习俗。虔诚者为了报答神恩和祈求来年神助，在炳灵寺专门凿刻佛像，常年供养，并有墨书题记。明代编修的《河州志》对此事件也有记载。唐代监察御史高适有诗云：

> 铁骑横行铁岭头，西看逻逤取封侯。
>
> 青海只今将饮马，黄河不用更防秋。

石磊整理

永靖黄河向西流的传说

天下黄河向东流，永靖黄河为什么向西流呢？这还要从四千年前大禹治水说起。

那时"天下犹未平，洪水横流，氾滥于天下"。大禹平地开沟渠，把水引入小河，疏通小河入大河，再引导大河流向大海，先后将刘家峡附近的洮河和漓水（大夏河）汇入黄河，继续引水向东流。河水到达兰州时，突然龙腾虎跃，只听嚷嚷声四起："洮不漓湟……洮不漓湟……"河水还挡住了大禹的去路。大禹听了猛然醒悟："'洮不漓湟'是说洮河、漓水离不开湟水的意思。"便急忙从背上的褡裢里取出计算治水的筹码（竹码），仔细重数了一遍，果然是计算错了一个筹码，即朝西方向还有一条湟水河未归纳。于是，急忙在龙汇山东侧建造了一座锁龙桥，使黄河、洮河、大夏河三条河改变方向，折转西流。

这个故事，正好验证了当地民谚"禅不投汤，洮不漓湟"的内涵：

第一句话说的是尧舜禅让的故事，第二句则是大禹治水为民造福的事情。陇上名人，晚清秀才罗锦山有诗为证：

> 水趋东海破山陬，河到洞川水倒流。
> 怪见飞涛归宿海，逆翻骇浪渡扁舟。
> 探源博望疑返驾，敷土禹王错用筹。
> 何以反常微地理，佛身无怪闪灵丘。

"红山白土头，黄河向西流"说的是刘家峡奇特的山河景象。永靖七月跳会中有《大禹砍山》的剧目，他用神斧劈开刘家峡，将黄河水引向西方，使这段千古佳话流传至今。

石磊整理

摸石湾与金马驹

金花仙姑从兰州离家西行，一路坎坷，跨越三沟五坪，来到离神树岘不远处的一个小山湾，这山湾十分幽静。金花浑身困乏，便双手扶石，瘫坐歇息，顺便将绣花小鞋脱下，将鞋里的沙土一并倒出，拍打于地。历经六百年沧桑岁月，风吹日晒、雨水冲刷，仙姑坐迹和手印永存，故称摸石湾。鞋中所倒的沙土堆积成了三座小山，并绵延成为一道横岭。金花留言："三山一岭，金马驹一锭。如若不信，尕榆树为证。"于是金马驹就成了仙姑留给地方的镇山之宝。传说，这镇山之宝金马驹在清代被洋人所盗，徒留遗恨在山中。

长年累月，信众为纪念金花仙姑，在摸石湾供奉仙姑神位，常年焚香叩拜。后来，摸石湾还神奇地出现了两条小蛇，它们形影不离，时而横亘道中，时而盘为一体，可爱可怜，令人叹惜。当地民众不忍伤害，视为"灵物"、仙姑神童。于是七庙信众，在 1996—1997 年间，先后建起了坐仙亭和金花庙。这一神奇传闻流传于世，各地民众纷纷拥至，观赏者不计其数。两蛇竟不恐不惶，蜷曲探视。胆大者抚摸蛇头，两蛇非常乖巧温顺，从无施威反抗之意。两蛇在摸石湾停留时间长达数月，庙成自行消失。

选自《吧咪山志》

八盘峡

相传夏朝时，禹王爷坐着树排离家治水。他从西向东，一路疏通水道，直至金城附近。眼前，黄河水流被一座高耸入云的大石山挡住去路，沉沙在这里淤积起来，金城随时都有被淹没的危险。一心为百姓操劳的禹王爷看到这一情景，心中很不安，他决心让黄河水继续向东流淌，使两岸的百姓免遭水患。

禹王爷不顾一路劳累，水都没有喝一口，就登上了那座云雾缭绕的石山。他站在山顶四下察看，只见远处是一望无际的平川，近处是咆哮的河水，巨浪撞击着山岩。禹王爷想：为啥不把这大石山劈去一半，从旁边凿开一个通道，让黄河水从这里流过去？这样，黄河水既可以灌溉农田，又不会给金城附近的百姓带来危害，这不是一举两得嘛！想到这里，禹王爷高兴得用手掌把石山一拍，不知是他高兴得用力过猛，还是他生来力大无比，石山竟被他拍下了一块。

禹王爷赶快回去把自己的想法告诉了百姓。百姓听后非常高兴，大家立刻拿起凿山工具，跟着禹王爷来到这里。但石头硬，开凿进度很慢。禹王爷想，这要等何年何月才能凿成呢？他一急之下，伸出手掌，一咬牙，用力向石山劈去，只听一声巨响，山尖被削去了。接着禹王爷又三下五除二，用手掌把半个石山削去，然后他就带领大家在石山旁边开凿了一条水道，让黄河水按照设定的方向流淌。可是这许多被禹王爷劈下的石头往哪里堆放呢？如果放在一起，黄河水还有被堵住的危险。禹王爷想了想说："把它分成八堆，堆放在石山旁边吧！"就这样，被削平的大山旁边增添了八座小山，黄河水就从这八座小山之间流过。打这以后，这里就被称作"八盘峡"。

等治好这一段黄河的水患以后，禹王爷告别了大家，正想乘树排离去，但是百姓的一片挽留声使他不由自主地再一次回过头来。猛然间，他看到那座被自己削平的石山光秃秃地立在八盘峡之间，很扎眼。禹王爷心里说：为何不在那上面种上庄稼呢？于是他又撑回树排，站在削平的石山上，双脚用力一踩，但见石碎尘飞，尘土落下，都附在石层上面。

从此，八盘峡有了庄稼。

选自《黄河传说故事》，张英整理

炳灵寺峡里的药水泉

> 炳灵寺峡里的药水泉，
>
> 桦木的勺勺舀干。
>
> 喝上个药水百病散，
>
> 高兴者唱了个少年。

这是一首古老的民歌。至今人们还是百唱不厌，以示对药水泉的怀念。

提起炳灵寺的药水泉，东南西北，黄海两岸谁人不知，谁人不晓？每年五月端阳，也不前也不后，偏偏在这一天，人们不怕地势险要，不畏路途遥远，走旱路的翻山越岭，走水路的乘坐皮筏，从四面八方赶到这里，聚集到仙巴佛对面的山脚下，去喝又甜又净的药泉水。从古至今，流传盛兴。要知药水泉的来历，还有一段传说故事哩。

很久以前，炳灵寺旁建起了天下第一桥，这里马上变成了重要的黄河渡口。求经和尚来往不绝，中外商人川流不息，非常热闹和繁荣。北魏太和六年（482），从西域传来了一种急性传染病，过往的客人患了这种病，重者两三天内就把命丧，轻者只好留在炳灵寺养息。瘟疫传遍了这里的山山水水，于是成千上万的善男信女纷纷来到炳灵寺，烧香磕头，求神保佑。

这一年，地理学家郦道元恰巧也来到炳灵寺，对这里的一草一木，一山一河进行了考察。但是，住了没几日，郦道元也身染疫病，步履维艰。五月端阳这天，风和日暖。他慢慢走出房门，刚行到仙巴佛面前时，意外闻到一股扑鼻香气。他低头仔细观察，一棵檀香树长得又高又粗，根部一眼泉水喷薄欲出。也就在这时，一只罕见的洁白喜鹊落在树枝上，喳喳喳地叫了三声，说："学士、学士，赶快来，喝了泉水百病散！"郦道元走到跟前，急忙挖开泉眼，双手捧起水来一尝，果然又香又甜。顿时，就觉得心明眼亮，病情好转。他高兴地跳了起来，立即招呼人们去饮泉水。不到一年时间，凡是喝了药泉水的人都保住了性命。从此，瘟疫也很快绝迹了。

后来，郦道元写了一部地理巨著，名叫《水经注》，书中说："炳灵寺药水泉，洁而甜。服之不老。"皇帝看了，垂涎三尺，还专门派人不远万里来到此地，给自己运回两罐罐哩。

石磊整理

荀子山的传说

　　从前，雾宿山下有一户人家里生了个孩子，由于这个孩子啼哭不止，大人就用迷信的方法抱孩子去撞信，结果出门遇见了农具——筐，就给孩子起名叫筐筐。筐筐七八岁就帮大人上山砍柴，虽然他年纪小，但心地善良。筐筐每次都把砍的柴分两份，一份留家里，一份给邻居一位无儿无女的老奶奶。

　　有一次，筐筐两手空空的回家了，母亲以为他把砍的柴全部给了邻居家的老奶奶，就把他赶出了门，并凶巴巴地说："砍不来柴就不要回家了……"筐筐来到经常砍柴的地方，放声大哭。他哭着哭着，看见了一只小白兔。他刚想去追小白兔，结果小白兔迎着他跑了过来。小白兔突然开口对筐筐说："你哭什么呢？""山上的柴被人们砍完了，我砍不到柴，娘不让我回家了！"小白兔同情地说："就这件事？你跟我来！"小白兔在前面跑，筐筐在后面追，他们翻过一座山，来到了一个小山洞前。他们穿过小山洞，眼前的美景像世外桃源：一丛丛灌木长得半人高。筐筐认得这树叫荀子树。有了这片荀子林，筐筐再没有挨过母亲的骂，当然邻居老奶奶的家里也没断过柴火。

　　一天，小白兔对筐筐说："你天天砍柴也不是办法，你要学点儿文化，读点儿书。"筐筐笑了笑说："读书是富人家孩子的事，我一个穷人家的孩子哪有钱请先生呢？"小白兔说："你也挣钱呀！"筐筐睁大眼睛问："怎么挣钱？""你名字叫什么？""筐筐呀！"筐筐回答过后恍然大悟，他一拍脑门说："对了，用荀子条编筐、编背篼、编糠子……这些卖了就是钱啊！"从此，筐筐一边砍柴，一边编一些农具换一些钱，他家和邻居老奶奶家的生活渐渐地好了起来。

筐筐攒了些私房钱后，想到私塾里去读书。可私塾里的学生都是些有钱有势人家的孩子，谁会收像筐筐这样的孩子呢？筐筐碰了一鼻子灰后又到山上去砍柴。他没人说话，就和小白兔说，他把心里的憋屈讲给小白兔听。小白兔听了，同情地说："只要你在子时面对这座山喊'老——师——'，一天不落地喊，喊上九九八十一天，定有老师来教你。"

筐筐明明知道小白兔在安慰自己，但他还是在子时到砍柴的地方喊"老——师——"。到了最后一天，他还没把"老"字喊出来，就见天崩地裂，烟雾弥漫，从山间猛然出现了一座小山。从这座小山里面好像有人朗诵：少而不学，长无能也……从此，筐筐每天夜里都来这里偷偷学习。

后来，筐筐和村子里的小伙伴玩耍时，劝小伙伴：少而不学，长无能也。这句话恰巧被私塾先生听到，他问筐筐："这句话你是从哪里学来的？"筐筐回答："石头先生教的。"私塾先生不信，就跟着筐筐来到山上。私塾先生看见一座石像立在山顶，心想：这不是大儒学家荀子嘛！于是，跪在地上磕头如捣蒜。从此，人们把这座山就叫荀子山了。

何其龙整理

靖海耒台的故事

当人们见到"耒"字时，会想到一个词——耒耜，耒耜就是禹王爷治水的法宝。

传说，在上古时期，黄河流域一片汪洋，当时的部落首领舜选了一个名叫鲧的人去治水。鲧从天上偷来了一些能自己生长、膨胀的土，用来堵塞黄河水，结果水越聚越多，引发了水灾，百姓苦不堪言。就在这时候，他的儿子大禹挺身而出，扛起了治水的大任。禹王爷来到积石山，他察看了地形，转变了其父治水的思路。在他的指挥下，大家千辛万苦，终于凿开了一条石峡，瞬间黄河水一泻而下，解决了黄河水患问题。人们都夸禹王爷有高招。

可是好景不长，奔涌而下的黄河水又给下游带来了无穷的水患。禹王爷知道后，兵分两路：一路在靖海耒台的位置疏导；一路在石门的地方疏导，石门就在刘家峡水电站下。在禹王爷的率领下，他们尽管逢山开山，遇洼筑堤，夜以继日，加班加点，但收效甚微。禹王爷正在纳闷时，突然得到石门方面传来的消息，他们说："石门两山壁立，有如门户，其河面不足十米，且有一条恶龙挡道，难以疏导。"禹王爷听了非常气愤，他将手中劳动的工具——耒耜狠狠插进土里，就急匆匆赶往石门。禹王爷到了石门一看，恍然大悟，原来这扇石门堵住了黄河水的去路。他随手接过一个人的耒耜，使尽全身力气向石门砸去，只听轰隆隆一声，石门打开了，恶龙斩断了，黄河水像千军万马一样向西流去。

直到现在，黄河两岸的崖壁都是赤红色的，传说那就是当年禹王爷斩龙时留下的血迹。

再说河里的小龙们，看见了禹王爷插进土里的耒耜杆时，吓得浑身发抖，没命地逃跑了。而耒耜杆经过日晒雨淋后，也只剩下像耕地用的铧了。水患消除了，当地的群众为报答禹王爷，打算要举行隆重的欢送仪式，可惜正值农事繁忙，只派了几位乡老把禹王爷送出村外。他们返回时，才记起向禹王爷求村名的事，就远远喊："禹王爷，给我们村赐个名啊！"禹王爷说："就叫定海！"几个老头耳背，回说："靖海，好名呀——河水平静，村子安宁。"后来，这个地方就叫靖海耒台了。

何其龙整理

杏花坞

坐拥湖光山色的黄河三湾，在这里春天是这样开始的：丝丝细雨，撩拨得人有些微醉，但衣衫总是淋不湿的，湖面水雾缥缈，远山若隐若现；雨洒落在唇齿间，有一丝凉爽，有一丝甜润，芽苞初放的杏树上，花朵粉面带春，笑意盈盈。河风徐徐拂过，柳舞细腰欲轻扬，已然没有冬天的寒凉了。只见一条小船从对岸的刘家峡大桥下驶过来，一位精神矍铄的老人健步下船，他在岸边柳树下系牢船绳，挂着拐杖穿过小桥，边走边欣赏眼前明媚的春光，身心愉悦。这个踏青图，穿越到宋朝，在高僧志南笔下一挥而就："古木阴中系短篷，杖藜扶我过桥东。沾衣欲湿杏花雨，吹面不寒杨柳风。"短短四句，春风、杏花跃然纸上。

杏树属木本蔷薇科落叶树，花朵娇小可爱，而成片的杏花林，更是景色绚丽，宛如朝霞，惹人驻足。黄河之滨也很美——黄河三湾的美，一年四季各有其美，美美与共，便是一年四季环湖北路的风光。

青枝绿叶白塔寺川，这句朗朗上口的话，像一个挥之不去的美好符号活在永靖人民的心里，更活在人们口口相传的念想里。白塔寺川，是永靖曾经的风水宝地：上自炳灵峡口，下至刘家峡上下口的香炉台，东西长四十多千米，南北宽约十千米。雄踞黄河岸边的白塔巍峨高耸，站在塔下，观黄河水奔涌流淌，皮筏如离弦之箭；鸟涧山、白马庙山对峙，大夏河自南汇入黄河，小积石山逶迤而来，形成笔架群峰；黄河经香炉台，一水中分，两岸景色宜人。

白塔寺川历史悠久，物产丰富，名播陇右。历千百年沧桑的西晋时期的左南县，就在这里。因为此地水质清洁，土地肥沃，日照时间长，早晚温差大，出产的梨、桃、杏、核桃、苹果品质尤佳，口感甘甜。阳春三月，杏花款款盛开，似有一位报春姑娘秀口微启，轻轻唤醒桃花、梨花、苹果花……一时间，白塔寺川幻化成了一座大花园，满园飞银溅白，彩蝶翩跹，蜜蜂飞舞，清香四溢。耕田放牧的农人，各得其所，如在神仙府邸，人们安居乐业，丰衣足食。

20世纪60年代，国家开始建设刘家峡水电站，白塔寺川青枝绿叶的景象，随着刘家峡大坝水库蓄水而沉入水底。这里的人，舍小家顾大家，服从国家移民政策的安排，拖家带口，肩挑手提，一步一回头，抹着眼泪默默搬迁到各地，开始新的生活。

北乡花儿唱道："青枝绿叶的白塔寺川，花果树盖住了蓝天；西流的黄河成奇观，移民的老家在河中间。"为了刘家峡水电站的建设和投产发电，白塔寺川在炳灵湖下沉睡如一颗琥珀，让一代代移民后辈想象回望，一如眼前这片杏树林，在每个春暖花开的季节，花朵以崭新昂扬的姿态绽放在枝头，好似白塔寺川青枝绿叶的缩影，在水天一色的黄河之畔不卑不亢，花开花落，迎接来自四面八方的游客，见证白塔寺川的前世今生。

孔令莲整理

保龙湖

话说一天，朱元璋带着燕王朱棣及皇太孙朱允炆，在后花园赏花。突然，朱元璋停下脚步，转头问二人："朕无意间想到了一句上联，你们二人能够给出下联吗？"朱棣和朱允炆都表示愿意一试。朱元璋给出的上联是"风吹马尾千条线"。朱允炆随即对曰："雨打羊毛一片毡。"经过短暂的思考，朱棣给出的下联是"日照龙鳞万点金"。朱棣这句让朱元璋龙颜大悦的下联，却一语成谶。

朱允炆登基后，开始了自己的宏伟计划，把他的叔叔们都贬为平民，甚至逼死。燕王朱棣趁机造反，带兵攻入南京，抢走了大侄子朱允炆的皇位，史称"靖难之役"。

燕军攻破城池时，建文帝朱允炆眼看回天乏术，遂想一死了之。这时少监王钺上前道："先皇弥留之际，特制一铁箱，嘱子孙大难临头时打开。"朱允炆遂打开箱子，发现里面有三张度牒（即出家僧人的身份证）和袈裟、僧帽、僧鞋等东西。原来生性多疑的朱元璋未雨绸缪，早为孙子想好了一条逃生之路。朱允炆和两名大臣随即剃发更衣，从皇宫密道逃走。逃出城门，坐上一条小船沿秦淮河而去。看见身后皇宫燃起的熊熊大火，建文帝仰天长叹一声，不免泪如泉涌。这位明朝第二位皇帝、朱元璋之孙，在位仅仅四年（1398—1402），就这样被迫落荒而逃，不知下落，成为中国历史的一大谜团。

据岘塬镇刘家村的村民说：朱允炆出逃后，远离南京，在西北各大寺院学佛理禅，当云游到河州北乡白塔寺川时，被汹涌黄河所吸引。于是，暂时留宿在黄河边的一座寺庙里，这座寺庙就是海家寺。

每天早上，朱允炆总要沿着黄河漫游行走。傍晚，惠帝总要在一个湖边打坐、远望、静想，等五彩晚霞被黑夜吞没后再回海家寺。每当回寺时，他常常要带一杯湖里的水。

过了一段时间，朱允炆悄然离去，当地人便称这个湖为保龙湖。

孔令莲整理

二郎巡山

很久很久以前，半个川一带突发瘟疫，不少人开始时上吐下泻，高烧不退，后来渐渐水米不进。病人服用当地郎中熬制的中草药，却收效甚微。过了几天，有老人小孩陆续死去。不久，便有青壮年染病身亡。一时间，死亡的恐惧笼罩着这里，田园荒芜、哀鸿遍野。

这天，有个云游四海的道人来到此地，得知这个情况后，沉吟片刻，遂向当地乡绅献策：凡人间生灵危难，呼其尊号，必前去拯救，此何方神圣？二郎神也。

大家听闻恍然大悟，急忙跪地拜请道人代劳，恭请二郎爷驾临本邑驱魔降妖，救生灵于涂炭。

于是，大家沐浴更衣，燃香点烛，道人盘腿打坐，口中念念有词。

话说二郎真君在灌江口道场内听得善男信女的祈愿，知道在河州一处大山内有妖魔作祟，祸害人间。于是，便带领梅山七杰和一千二百草头神赶来。

众神来到青藏高原与黄土高原相连的地界，按落云头定睛观看，只见此地正是红山白土头，黄河向西流的一处所在，果然是灵秀之地。哮天犬先行，二郎真君一手执三尖两刃刀，一手挥舞开山斧率众神进得山来。行不多远，众人就听林中风声呼啸，乌烟瘴气弥漫眼前。二郎真君打开天眼观望，只见一队妖魔驾着黑风奔来，遂号令众神准备迎战。

那些妖魔一个个长得奇形怪状，有狼、虎、狐、熊，有蟒蛇、有恶龙等各种飞禽走兽化成的人形精怪，他们嘶吼咆哮、吵吵嚷嚷地扑到众神面前。

二郎真君凛然立在山头，朗声喊话："妖怪们，二郎显圣真君在此，快快束手就擒。"

妖怪们哪认得二郎真君，以为又遇到了凡夫俗子，个个耀武扬威、吆三喝四地拥上来。为首的虎妖张开血盆大口，喷出一股黑烟，那黑烟中竟有万千矛戈，寒光闪闪，杀气逼人。

二郎真君见状，荡出神龙金盾护住众神，大声道："诸神，快快擒了这些妖孽。"梅山七杰和一千二百草头神早已按捺不住，听到真君命令，呐喊着向群妖杀去。

妖魔喷吐的黑烟翻腾滚涌，遮住了日月，众神亮出法宝，光芒万丈。虎妖以为自己通了天地，哪里知道今日遇到真正的神明。众神兵各逞英雄，却不知这些妖魔也有千年道行：虎豹豺狼只管张牙舞爪，一招一式直取性命；梅山七杰将法宝运转，随时随地就要收了眼前的鬼怪精灵。蟒蛇恶龙盘旋飞腾，呼风唤雨就要淹没百千神兵；草头神兵设下法阵，调动机关专捕害人妖魔……这一战，真个是打得日月无光、风云凄惨、飞沙走石、地动山摇。

双方战了半日，未见输赢。

二郎真君见状，知道这些妖魔也非等闲之辈。于是，他放飞扑天雕，从袖中抽出缚妖索抛将开去。喝一声"收"，只见一条条金索落下，瞬间将群妖身绑手缚，个个动弹不得。

溃散的妖魔见二郎真君震荡出缚妖索绑了众喽啰，知道今天遇到了高仙，不敢恋战，只将黑烟漫开，就要遁形逃走。可它们哪里逃得出这天罗地网，不多时便死的死、伤的伤，剩下的都被众神一一拿住。

面对手下败兵，二郎真君教化道："尔等妖魔，如果潜心修炼，日后必成正果。你们却在此祸害人间，该当何罪？"众妖魔唯唯诺诺，低头认罪。二郎神见众妖认罪，继续劝化："既然尔等认罪，今日本尊便大发慈悲，点化魔心，希望尔等积德行善，重修人形。若还不知悔改，定让你们神形俱灭、万劫不复。"说罢，打开天眼射出神光，炼化众妖的魔心，尽还本来面目。

二郎真君见妖魔已除，便收了神通，率众神归了灌江口。自此半个川一带瘟疫消散，人民安居乐业。当地人为了感念二郎真君搜山降魔的恩德，在刘家峡和盐锅峡两地各修一座庙宇，供奉身披锁子黄金甲、白面微须的二郎真君塑身，常年奉以烟火香烛之礼，祈盼二郎真君护佑这里风调雨顺，人民安康。

每年农历六月二十四，这两座庙宇香火旺盛，前往进香的善男信女络绎不绝，据说这天是二郎神的诞辰。

孔令莲整理

观龙台

站在炳灵湖观龙台上，人们会看到像一条巨龙入水形状的山，这座山就叫金龙山。

据说很早以前，永靖水患无穷，民不聊生。龙王就派他的儿子金猊、饕餮、睚眦前来治理，并安排三个儿子分别管理黄河、洮河和大夏河。这地方真是天高皇帝远，他们到了此地，把龙王的话抛到脑后，整天不务正业，过着花天酒地的生活。有时，酒喝高兴了，还学着当地秧歌中的舞龙动作穿、腾、跃、翻、滚、戏、缠等，闹得黄河、洮河和大夏河翻江倒海。这一闹腾，他们玩乐了，但当地百姓的房屋冲垮了，土地冲走了，庄稼淹没了，老百姓气得咬牙切齿。

龙王的这三个儿子，一个喜烟、一个贪吃、一个爱斗。有道是，坐吃山空。他们很快就吃完了河里的鲤鱼，喝尽了带来的美酒，就将爪子伸向了沿岸的村民。他们经常偷鸡摸狗、惹是生非，闹得村里乌烟瘴气。有一天，喜烟的金猊闻到了一股烟味后顿觉神清气爽，于是，他沿着烟飘来的方向，一直追到了炳灵寺的老君洞。他在洞口侧身一看，只见一位穿道袍的人戴着狰狞的面具，拿着一根火棍在烧一个大大的炉子。他刚要问话，突然听见老道自言自语道："七七四十九。再差一天，皇上的仙丹就炼成了。"金猊毕竟是龙王的儿子，也是见过大世面的，他飞快地回去，把这个消息告诉了饕餮和睚眦。好斗的睚眦说："听父亲说，吃了九成熟仙丹能活六百年，吃了十成熟仙丹能活一万年。我们等到十成熟再下手吧？"贪吃的饕餮说："夜长了梦多，我都快要流口水了！"金猊说："事不宜迟，今晚趁夜黑就干。"到了晚上，炳灵寺狂风四起，风雨交加，随着金猊呼出的一缕青烟飘进老君洞，洞里炼丹的老道慢慢倒了下去。睚眦趁机踢倒炼丹炉，哥仨一拥而上把仙丹偷吃了个一干二净。

等皇上派刘伯温来取仙丹时，仙丹已经进了三条龙的肚子。刘伯温气得火冒三丈，他当即召集当地的村民跳傩舞，还在大夏河、洮河的交汇处修建了一座白塔，镇压三龙，并上书："塔竖六百年，三龙被锁封。四海淹塔顶，三龙吐明珠。"果不其然，六百多年后的今天，河水淹没了白塔，三条龙也真的吐出了明珠，这明珠就是闻名天下的刘家峡水电站、盐锅峡水电站和八盘峡水电站。

再说刘伯温，他原来是玉帝身旁的一位天神，玉帝让刘伯温转世后辅佐明君，造福苍生，并赐了他一把斩仙剑。这把斩仙剑可厉害呢！龙王见了都发颤，他的儿子们见了更是闻风丧胆，只能仓皇而逃。就在金猊还没有完全逃进河里时，只听一声霹雷，他急忙留下化身逃了命。

后来，也不知道从哪里飞来一颗树的种子，它不偏不倚地落在金猊的眼窝里生根发芽，人们说，那棵树是对金猊浪子回头的奖赏。

何其龙整理

鳌背龟

当你途经折达公路，来到永靖，穿过雾宿群山时，你就会在路边的山坡上看到一只趴着的褐色石龟，据说这石龟就是当年协助禹王爷治水的旋龟所变。

据老辈人说，永靖的刘家峡地区原本是一个大湖。禹王爷治水时，拿着耒耜，带着天上会飞的应龙和水里能游、地上会走的旋龟，一路从积石山出发，来到刘家峡。他们发现黄河水和洮河水源源不断地流进大湖中，眼看大湖快要盛不下了。禹王爷派应龙从天上察看了一番，寻找治水的路线，应龙注意到如果把大岭山挖掉，河水就可以逆磨石沟向东流到金城兰州，最后流到大海去。应龙把情况报告给了禹王爷，禹王爷就派旋龟去挖。这旋龟力大无比，一头就能撞开一座山，一爪就能扒开一条沟。旋龟来到刘家峡，正准备动手挖山，不料洮河中爬出一只大鳌。俗话说"龟鳌鼋鼍是一家"。这老鳌一见旋龟，本家相遇，分外欢喜，就邀请旋龟到洮河水府去喝几盅。不知过了多少时间，这旋龟喝得浑身透红，酩酊大醉，这才突然想起还有活没有干，一时心急火燎，急急忙忙爬出去挖山，但他实在醉得辨不清东南西北，昏天晕地一头向西撞去，一下子就把西面的山撞开了一道好几丈宽的大口子，还顺手向两边挖了几爪，整个湖水从这里一泻而下，向西冒去。后来人们就把这道口子叫作石峡，两岸的崖壁也变得像刀削斧劈般的峻峭了，再后来人们又把这道口子堵上，修建了现在的刘家峡大坝。

话说旋龟撞开了石峡，水没有东去而是西流，还淹没了下游的一大片地方，旋龟见闯了大祸，怕禹王爷责怪，赶忙顺流而下，悄悄央及应龙，看有没有办法再让河水东流。应龙和旋龟毕竟是老搭档，应龙飞上天空，盘旋几圈，只见日头落山的地方，河水被一座青山拦住，如果搬掉这座山，河水就会拐一个大弯向东流去，旋龟也没有更好的办法，只好硬着头皮向山撞去，轰隆一声，天崩地裂，山开了，水流了，然后山环水，水绕山，七拐八弯，折身向东流去。水流完了，露出一个大平川，人们就把这个川叫作西流川。

旋龟撞倒了这座山，这下又出事了，这座山原本是牦牛的巢穴，牦牛是西山的山神，一旦发起怒来，就会飞沙走石、天昏地暗，这牦牛还能兴云布雨，就连禹王爷也敬他三分。这天牦牛正在巢穴中呼呼大睡，猛然间被这一撞惊醒，他正要出门伸头去看到底发生了什么，这时洪水铺天盖地地涌过来，把牦牛冲进了水里，牦牛的四蹄陷进泥中，怎么也拔不出来，水越淹越深，最后只剩下个牛鼻子露出水面，经过千百年的风吹雨淋，这牛鼻子慢慢变成了两块巨大的礁石，立在河道中间，于是人们把这段河道就叫做"牛鼻子拐"。说这老牛也真是个精怪，他在水下，一不高兴，还会施法引来电闪雷鸣和狂风暴雨。这两块牛鼻子礁石，直到新中国成立后，因为阻碍河道运输，才被当地的政府"割"掉。

再说这旋龟撞坏牦牛的巢穴后，自知过错严重，不敢回去见禹王爷，就向北边的雾宿山爬去，想在那里找个地方躲起来。那时的雾宿山可不像现在这样光秃秃的，而是山山长树，沟沟流水，山头云缭雾绕，峡谷猿啼鹿鸣。旋龟以为躲在这里，禹王爷就找不到了，哪知禹王爷的耒耜神通非凡，轻轻一挥，便云消雾散。旋龟见无处可藏，就往山上爬去。他爬着爬着，却见禹王爷把耒耜使劲往地上一插，随着"嗵"的一声响，顿时云不飘了，水不流了，鸟不叫了，酒气未散的旋龟也化成了一只褐红的石龟不动了。不过石龟的心还活着，旋龟后悔没听禹王爷的话，去和老鳖喝酒，现在每当阴雨天，就会听见石龟呜呜的哭声，每当山空人静时，你向他大声喊，就会听到石龟应答的声音。

后来禹王爷对变成石头的旋龟非常想念，就把它记在《山海经》里，然后拿着耒耜，带着应龙继续治水去了，只留下旋龟永远留在了这里。

那洮河老鳖听说自己的本家老友化成了石龟，伤心得眼中流出了血，直到现在，每当暴雨过后，从洮河中流出的红红的泥水，就是老鳖为石龟流的血泪。后来，老鳖难掩悲痛，化为石像，用身体托举着石龟，这就是我们后来看到的鳖背龟石像。

孔德龙整理

白猿传书

从前，一个村子里有个男孩名叫狗剩。狗剩三岁丧母，八岁丧父，是众人的百家饭养活的。一天，他去邻村乞讨时，饿晕在路边。此时，恰巧有一位老道路过，那位老道给狗剩喝了些水，吃了些馒头，渐渐地狗剩苏醒了过来。老道问了狗剩的处境后，就把狗剩带回了一座破庙里。从此，狗剩帮老道种地，老道教狗剩武艺。

一晃三年过去了，狗剩十八般武艺样样精通，他一掌下去一头牛毙命，一箭射出两只鸟落地。有一天，狗剩对他的师父说："谢谢您救了我，还给我教了可以让我行侠仗义的武艺。现在我要下山去，那里有好多事我要做。"师父说："天机不可泄露。不要问为什么，你从今天开始学习法术。"

一晃又是三年，狗剩法术见长，他宝剑一挥，妖魔鬼怪闻风丧胆；他法衣一穿，能呼风唤雨。一次，他夜过此地时，隐隐约约听见有人在说话："等闪电、等闪电……"狗剩找遍了三马台的沟沟岔岔、山山洼洼，也没有发现说话人。突然，一道刺眼的闪电从天空划过，狗剩顺着闪电定睛一看，山头上出现了一只白猿。狗剩心想："是福不是祸，是祸躲不过。"他爬到山顶，来到白猿出现的地方。那只白猿突然张口说起了话："在第二次闪电前，用你的剑砍七七四十九下，就能砍断拴在石柱上的铁链，解救我，赶快行动。"狗剩砍了七七四十九下，等第二道闪电来临前，狗剩砍断了铁链，解救了白猿。白猿烧了一炷香，对狗剩说："有一本书，压在石柱下。但天书难破，我得上天去问问，你在这等一炷香工夫，我去去就回。"说话间，白猿纵身一跃，向天空飞去。

狗剩靠在石柱上等白猿，他等着等着睡着了。突然，狗剩听见白猿说："不好了，书不见了！"狗剩起身绕到石柱后面时，发现了一个大坑和一堆沙土。白猿见天书不见了，急得满头乱抓，它抓破了头皮，鲜血流了出来，瞬间白猿变成了红色，地皮变成了红色，石柱也变成了红色。狗剩是学过法术的，他穿上法衣，站在石柱上，口中念着咒语，用宝剑一挥，一个火球从东面滚来，变成了一只狐狸，而在狐狸的脊背上驮着他们要找的那本天书。白猿翻开那本天书，对狗剩说："此地前有黄河照，后有大山靠，是出帝王将相的福地呀！你以后埋在这里，对后代有益。"

后来，由于狐狸精泄露了天机，在大川、古城等地方尽管出了些帝王将相，也不过是在秦腔剧本中出现罢了。这里的士农工商倒是层出不穷，曾经的狐狸窝就叫野狐湾了。

何其龙整理

大圣问天

　　传说，每年三月初三是王母娘娘的生日。这一天，王母娘娘要邀请上八洞、中八洞、下八洞和三界的神仙们来天宫参加盛大的蟠桃大会。论大圣能上天入地、腾云驾雾、降妖除魔和七十二般变化的本领，按理说应该在王母娘娘的邀请范围内，可偏偏在王母娘娘的邀请名单中竟然没有大圣的名字。于是，大圣怒从心头起、恶向胆边生，他就把蟠桃园里长得好的、大的、成熟的桃子吃了个精光。这下，王母娘娘的蟠桃盛会泡了汤，彻底惹怒了玉帝和王母娘娘，一道圣旨把大圣贬到了人间。

　　大圣下凡后，游名山大川，探断崖绝壑。有一天，他来到刘家峡，见这里层峦叠嶂，钟灵毓秀，很想一个跟头翻到山顶，全方位欣赏一下远处的黄河和脚下的美景。大圣一个跟头就是十万八千里，登顶这样的小山根本不费吹灰之力。大圣先轻轻一跳，结果没跳到半崖处就重重地掉了下来。大圣再跳，还是没有跳到山顶，一次、二次、三次……大圣跳了九九八十一次，还是在山脚处。大圣觉得很恼火，不禁发问："天啊，我一个跟头就是十万八千里，可为什么跳不到这座小山的山顶？"山谷中也传来一句："天啊，我一个跟头就是十万八千里，可为什么跳不到这座小山的山顶？"大家知道，大圣有个不服输的倔脾气。他使尽浑身解数，再次用金箍棒一撑……这次，大圣不但没跳到山顶，还重重地摔在了地上。趴在地上的大圣一阵反胃，口里吐出了许多蟠桃的桃核。

大圣吐出桃核后，只轻轻一跃，就登上了山顶，他看够了这里的美景，一个跟头就没影了。从此，大圣吐出的桃核发了芽，方圆百里的老百姓便有了桃树，吃上了桃子。

何其龙整理

笔架山

从前，刘家峡水库没蓄水时，炳灵湖底下有一家钱氏商铺，掌柜名叫钱老三，在当地有非常好的声誉。

但村里有个叫牛二的，不觉得钱老三有多好。一次，牛二的五儿子拿 1 角钱去钱氏商铺买 3 盒火柴，回家时却交给牛二 2 分钱，牛二觉得五儿子不诚实，举起鞭子一顿揍。接着，牛二又派四儿子用同样的钱去买同样的东西，结果回家交账时还是 2 分钱。牛二说，"钱老三这做法明明是在欺负我家没有文化人。"他牛劲一上来，直接找钱老三去算账。钱老三抿了一口茶说："我让你送孩子们去上学，你就是不肯，现在不会算账了吧？你看 1 盒火柴 2 分钱，买了 3 盒，二三得八，10 分里面去掉 8，不就是找 2 分吗？"牛二展开 10 个指头，再缩回 8 个指头，结果就是 2 呀！

牛二在回家路上恰好遇见了钱老三的三儿子，他让钱老三的三儿子算一算，钱老三的三儿子说，该找回 4 分钱呀！牛二决定自己砸锅卖铁也要让孩子们去读书。

第二天，牛二带着他的四儿子和五儿子去了学校，这事被钱老三知道后，他亲自登门把之前多收的钱原封不动还给了牛二。几年后，牛二的两个儿子都考上了秀才。

后来，这个村子出了好多人才。这事被一个风水先生知道了，他专程来到这里，前后左右察看后说："前有黄河照，后有笔架靠，好风水呀！"经风水先生这么一说，大家越看村子后面的那座山越觉得像一台笔架。

从此，这座山就叫笔架山了。

何其龙整理

驼铃传奇

中国对世界的影响可以从一条路的名称中领略一二。举世闻名的丝绸之路打开了中西方文明交流的总开关，有力促进了世界各国的繁荣发展。一条路用"丝绸"来命名，可见外国人对中国丝绸的喜爱以及绚烂富丽的东方文明对世界产生的巨大影响。

丝路南线作为丝绸之路后起之秀，西部古老的南线"大车道"，多元的地理环境注定了这是一条充满风云变幻、神秘莫测的传奇之路。

话说明朝时期，有一支由长安出发，过渭河，通狄道（今临洮），穿枹罕（今河州），到达永靖，再摆渡黄河，穿越西宁，翻越大斗拔谷（今扁都口）去大宛的商贾驼队。驼队满载丝绸和瓷器，浩浩荡荡、风尘仆仆来到了开辟鸿蒙般的永靖三马台。

这一日正是夏至时节，西北的大旱像燃着大火的大火炉，驼队行至此处已是人困马乏。加之山大沟深，地理诡异，驼队绕沟数日也没有找到出口，此时骆驼们已经精疲力竭、骨瘦如柴，毛发被烈日炙烤得几近脱落成了永靖的山羊。不几日，骆驼开始口吐唾沫，腿蹬眼翻。一时间，骆驼们像七倒八歪的小山，一个个匍匐在地，动弹不得，一场集体大灭亡正在逼近。

骆驼们已经处于昏迷状态，商贾诚心祈祷："大慈大悲，救苦救难的观世音菩萨，请施予甘露救救我们吧！"这一声呼天抢地的求救声唤醒了远在吧咪山的带雨菩萨。说来也怪，商贾话音未落，只见没有一片云彩的天空突然降下了大滴的太阳雨。一边烈日炎炎，一边倾盆大雨，并且凭空而降的甘霖只降在被晒晕的骆驼身上。

被祥雨沐浴过的驼队像是涅槃重生的勇士喝饱了甘霖，精神抖擞地向西而去。

骆驼们为了感谢神的救命之恩，一步一回头，把深情回眸的样子借大山的形象定格在了永靖的三马台，金花仙姑（带雨菩萨）也被众生所传唱敬仰。

吴春梅整理

白象威灵

　　丝路南线自古就是一条传奇之路，尤其，河州一带向来以"十万佛居住"而愈加诡异且神秘。

　　张骞的探险精神尼泊尔王子潘唐瓦同样具有。随着佛教东渐，密宗一支在丝路南线悄然盛行。有一日，这位尼泊尔的王子受波拿巴大师明示：在古老的东方有一处"红山白土头，黄河向西流"的"卍"字宝地，那是潘唐瓦的成就之地。

　　于是这位执着的王子沿着丝路南线寻觅而来。潘唐瓦历经千辛万苦，从遥远的西方一路跋涉，途经炳灵寺从杨塔穿越永靖红泉再到孔寺，他看见了红山白土头，却不见黄河向西流，更不见"卍"字形状，此处黄河却径直往北而去。潘唐瓦心想：继续向北，或许就能找到成就之地。他行至三马台一带，突然狂风大作，乌云压来，像一道黑色屏障割断了北往的路。正在潘唐瓦六神无主之时，一头六牙白象赫然站立在潘唐瓦面前。这白象通身金光闪耀，一条长长的卷鼻指示着向南前行的方向。潘唐瓦恍若初梦惊醒，身不由己地调转方向一路沿河向南而去。不多久，他便在太极宝川附近的罗家洞找到了传说中的成就之地。

　　六牙白象作为佛菩萨之一，甚深微妙的显灵，及时阻止了潘唐瓦南辕北辙的修行苦旅。在明朝洪武年间，潘唐瓦最终在罗家洞修道成功，坐化于高岗凤楼。而今，罗家洞成为丝路南线上一处著名的密宗圣地，而威灵无比的白象早已幻化驻守在永靖，一副气宇轩昂的山体模样，像是有意为永靖的山川增添一抹仙气。

吴春梅整理

蔚海湾

远看黄河是一条线，近看黄河是金盏花开海边……

歌曲里传唱的黄河奇观，正是眼前这片水域。她是20世纪70年代修建"黄河明珠"刘家峡大坝时，蓄水形成的高峡平湖。库容总量为57亿立方米，是黄土高原上的一面"天空之镜"。

在没有开通环湖北路之前，我们要想近距离观赏这片高原蓝海并不容易，"一条线"的黄河是永靖人民千百年来眼中的模样，这是从周围台塬高地上俯视观望所见到的藤蔓般的黄河。由此可见，这片水域的径流量和周边环境曾经有过翻天覆地的变化。而"今日得宽余"，我们才有幸近距离倾听黄河母亲大海般的心声，才可悠闲地站在蔚海湾领略高峡平湖之神韵。

黄河在高峡之上形成九曲十八弯，她在永靖段蔚然成海，形成河海难辨的奇观，我们亲切地叫她"高原蓝海"。而蔚海湾是永靖黄河三湾水域面积最为宽广的河湾。仅凭苍茫迷蒙的河岸线，我们就能感受到云蒸霞蔚的壮观和浩渺无垠的大海气象。

在蔚海湾，你所见到的山不一定就是山，你所见到的水也不一定就是水。蔚海湾的山是山的缩影，蔚海湾的水是水的灵魂。山到裸露处，得性见明心，明心之山如云舒卷，气定神闲。山中无别事，与水结知己。山随水影去，水迎万壑来。山高水长，碧波澹澹。这方山水深谙山水禅意的三重境界，她从一条河嬗变为一片海，一定有着她不平凡的故事。著名作家梁衡在《刘家峡绿波》这篇文章中直截了当地点明了刘家峡绿波的内涵："她绿得深沉，绿得固执……一湖绿染绿了西北，染绿了全国。"是的，她的绿是生命绿，是永靖人民舍小家，为大家，顾全大局，无私奉献的永靖本色；是白塔寺川青枝绿叶的绿，是天心地胆养育出来的祖母绿。此水天上来，别问出处，水下有先祖，一瓢只为天下苍生饮。

　　而今，她的绿波中又泛着蓝，泛着一抹高原蓝，古典蓝，诗意中流泻出来的绿如蓝，透着光芒，是夜光杯里的一束西北蓝。集日月精华，取天地芳醇，可直接饮用，五内生氤氲，天地明镜，所谓生态，不证自明。

　　取一瓢饮，水不醉人，人自醉，醉倒了也无妨，身后就有笔架山，身后就有国际滑翔伞基地。乘着醉意，顺势抽一支神笔，饱蘸一滴蓝，一笔绘就绝世丹青，水天一色，笔意无群，此蓝无须参透，正如天青色等烟雨，而我在高原等你。或者乘一骑滑翔伞可以从高空览胜、游目骋怀、沐浴蔚蓝，乐不思回。

　　　　　　　　　　　　　　　　　吴春梅整理

后 记

传说故事，又称古经，是古人先贤为我们精心编织的一场瑰丽的梦，是我国文化百花园中一朵光彩夺目的奇葩。永靖地处青藏高原与黄土高原的过渡地带，中原文化与少数民族文化交相辉映，独特的区位优势和人文环境造就了许许多多的传说故事。千百年来，这些中华民族优秀传统文化中的精髓已经深深融入我们的集体潜意识，构成了永靖人民共同的心路成长历程和文化基因。

永靖传说故事大致是"一河（黄河）两山（东山、西山）"的故事。这些传说故事使静态的山川大地具有了神奇的灵性，使曾经的历史人物依然徜徉在地方风物之间，从而加深了人们对当地历史文化的了解和认知、增强了人们对生活的热爱和理解。再则，在叙述故事、描写人物、刻画景物、阐释风俗中，运用"土话土语"，使通篇充满着"泥土"气息和浓郁地方特色，很容易勾起读者对家乡的眷恋和热爱。

近年来，永靖文艺事业发展迅猛，图书出版方兴未艾，而且精品不断，但故事类书籍却很少见。经过三年酝酿，我们集结永靖作家十余人，跑遍永靖大地，整理、新编出八十余篇传说故事汇编成书。该书以弘扬黄河文化、讲好黄河故事、展现永靖风貌为宗旨，挖掘和抢救了许多濒临失传的文化遗产，为我们留住了一代又一代永靖人的乡愁记忆。但愿《永靖传说故事》成为永靖学校教育的好读本，永靖文旅融合的好文本。

永靖传说故事

本书在整理、编写过程中，得到了永靖县文体广电和旅游局领导及有关单位的关心和支持，每位整理、编写者倾注了大量心血，还有不少同志为本书提供了许多珍贵的图片和文字资料，在此一并致以诚挚的感谢。

由于编者学识有限，虽几易其稿，但仍有疏漏和不足之处，敬请各位专家及读者批评指正。

编　者

2023 年 10 月